楯よう子の

越後おとぎ話

語り台本 まとめ❷（19〜27話）

まえがき

このたび、「楯よう子の越後おとぎ話語り台本まとめ❶」に続いて、「語り台本まとめ❷」が届けられることとなりました。

越後は民話の宝庫といわれておりますが、雪深い土地で長い冬、いろりを囲んで民話が語られ過ごしてきたことが、人々の心をはぐくみ、生きる力にもなっていたのでしょう。民話は親から子へ、孫へと語り継がれ、現在、当地では、民話の会や語りの会、紙芝居の会の活動も盛んです。楯よう子さんもこの地に生まれ育ち、語り伝えられてきた民話を大切なものとしてあたため、また次に伝えようとしています。土地の民話に新たな願いも織り込みながら、これからの時代を生きる私たちの心に、希望を育てていこうとされているようです。

そして、むかし話から新しい作品を生み出すことを通して、私たちに新たなつながりを作っていくことをも呼び掛けています。おとぎ話を語ること、伝えることは気持ちを通い合わせることであり、語りを通して私たちは心のつながりを深めていくことができます。急速な人口の高齢化や、家族や社会のありようの変化から人々の孤立・孤独が進んでいる今日、人口減であればなおのこと、私たちはつながりを深め、私たちのコミュニティを豊かなものにしていきたいものです。現代の高齢化社会、孤独社会における医療や福祉をはじめとするさまざまな問題解決のためにも、地域の交流の場としての居場所づくりやコミュニティ活動が必要です。そうした場で、越後おとぎ話を語り合い、私たちのつながりを、より豊かなものとして広げ、続けていくことができたらと願っています。

２０２４年　晩冬

医療法人立川メディカルセンター　理事長　吉井新平

目次

※ 作品番号は YouTube にアップした順としています。

語《かた》り台本《だいほん》十九《じゅうく》

のまればば鳥《どり》の語《かた》り

「のまればば鳥《どり》の語《かた》り」

https://www.youtube.com/watch?v=Z8Xu2Dm8Dzk

種本《たねぼん》「鳥《とり》のみじさま」

https://www.youtube.com/watch?v=P5ct2Lpz6RY

冬《ふゆ》になったら、また、毎日《まいにち》、雪堀《ゆきほ》り。今年《ことし》は大雪《おおゆき》になるのかしら？いきなりの大雪《おおゆき》は困《こま》るわ。年《とし》をとったら、雪《ゆき》の降《ふ》らない、もっとあったかいところで暮《く》らしたくない？あなたは、どう思《おも》う？

新潟《にいがた》のむかし話《ばなし》「鳥《とり》のみじさま」を読《よ》んだ人々《ひとびと》は、みな、口々《くちぐち》に言《い》うのだった。

「ちっちゃい鳥《とり》の歌《うた》がおもしろくて、じさまがあははと笑《わら》った拍子《ひょうし》に、鳥《とり》を飲《の》み込《こ》んでしまうなんて。じさまも鳥《とり》も、びっくりだったでしょうね。」

「じさまは、あわてて吐《は》き出《だ》そうとしたのよね。」

「でも鳥《とり》は、『じさま。おれのことは、このままでかまわね。じさまのはらの中《なか》で暮《く》らせますすけ』だなんて。そんなにあわてなかったよ。鳥《とり》は、どういうつもりだったのかしら?」

そこで、私《わたし》は、じさまに飲《の》み込《こ》まれた鳥《とり》に取材《しゅざい》を試《こころ》みた。

以下《いか》は、のまればば鳥《どり》の陳述《ちんじゅつ》である。

空《そら》を飛《と》ぶのは楽《たの》しいよ。気持《きも》ちいいよ。どこまでも行《い》けるよ。

山《やま》を越《こ》えて。海《うみ》を越《こ》えて。いっぱい飛《と》んだよ。毎日《まいにち》、毎日《まいにち》。

あーあ、おなかがすいた。

さーて、山《やま》にもどって、ごはんにしようかな。あたしは、あーあ、と口《くち》を開《あ》けたんだ。そしたら、なんか口《くち》に飛《と》び込《こ》んできたよ。おなかがすいていたから、むしゃむしゃっと食《た》べた。うんまい。

また、飛《と》んで来《き》たぞ。あ、みつばちだ。口《くち》を開《あ》けた。食《た》べた。うんまい。

また、いっぱい飛《と》んで来《き》た。みつばちの群《む》れだ。あーん。あーん。食《た》べた。食《た》べた。うんまーい　。

あたしが口《くち》を開《あ》けていると、みつばちが次々《つぎつぎ》にあたしの口《くち》の中《なか》に入《はい》ってきたー。あたしは、次々《つぎつぎ》に、みんな食《た》べた。

あーあ、うんまい。うんまい。おいしかった。

あたしは、おなかいっぱいになった。こんなにおいしいごちそうは久《ひさ》しぶりだ。みつばちは、おいしいんだなあ。

よーし。森《もり》に行《い》って、もっと、みつばちを探《さが》そおっと。あたしはみつばちの巣《す》を探《さが》したよ。冬《ふゆ》になるまでに、食《た》べるものを、自分《じぶん》ちにしまっておかなくっちゃならないからね。虫《むし》もいなくなるし、木《き》の実《み》もなくなるからね。雪《ゆき》が降《ふ》ったら、山《やま》はまっ白《しろ》。里《さと》もまっ白《しろ》。ごちそうはみつからないよ。今《いま》のうちにみつばちの巣《す》をみつけておこう。

あたしは、山《やま》をめぐって、めぐって・・。みつばちを探《さが》して、そのあとを追《お》いかけた。

あっ、あった。みつばちの巣《す》、森《もり》の木《き》の枝《えだ》にぶらさがっているのをみつけた。あったよ。しめしめ。と思《おも》ったそのとき。

急《きゅう》に大空《おおぞら》から舞《ま》い降《お》りてきた大《おお》きなタカどん。タカどんはあたしの目《め》の前《まえ》をよこぎって、みつばちの巣《す》めがけてまっしぐら。そして、いきなり、もぐもぐもぐ。もぐもぐ。みつばちの巣《す》ごと食《た》べ始《はじ》めた。

「まってよう。タカどん。あたしがみつけたんだよ。あたしのみつばちの巣《す》だよ。タカどん、全部《ぜんぶ》食《た》べないでよ。あたしにも分《わ》けてよー。」

「なんだ。おまえは、ちっちゃい鳥《とり》だな。おまえなんかに、やってられないよーだ。おれは、はらぺこなんだ。」

「あたしもおなかがすくんだ。冬《ふゆ》になるから、みつばちをとっておきたいんだ。分《わ》けておくれよ。」

「おれのほうが腹《はら》がすくんだ。おれの腹《はら》のほうがでかいからな。おれのほうがずっとはらぺこなんだ。」

「あたしがみつけたんだよ。」

「おれがみつけたんだ。」

「あたしだよ。」

「うるさい、ちっちゃい鳥《とり》だな。ぴーぴー、ぴーぴー、おれさまに逆《さか》らうとは。なまいきな。うーん、きれいな羽《はね》だ。うーん、おまえもうまそうだな。よしよし。おまえも、八《や》つ裂《ざ》きにして食《く》ってやる。」

「ぎゃー。」

タカどんはいきなり、こっちに向《む》かってきた。あたしはタカどんにつかまれそうになった。あのタカどんの爪《つめ》にひっかかれたら、おしまいだ。

あたしは藪《やぶ》のなかにかくれた。

はあ、はあ、はあ、はあ。あー、あぶなかった。

タカどんは、あたしを探《さが》していたが、あきらめて大空《おおぞら》に舞《ま》っていった。

やれやれ。タカどんは、こわいな。あの爪《つめ》にやられなくてよかった。

もう、山《やま》の巣《す》にもどろう。夕方《ゆうがた》だ。

「夕焼《ゆうや》け小焼《こや》けで、日《ひ》が暮《く》れて・・」

夕焼《ゆうや》けの中《なか》で、カラスどんがカー、カーと鳴《な》きながら飛《と》んでいた。

カラスどんは、あたしをみつけると、いきなり向《む》きをかえてあたしの
頭《あたま》をつっついてきた。

「痛《いた》い！」

「痛《いた》かったかい？」

「痛《いた》いにきまっているじゃないか。」

「おまえみたいにちっちゃい鳥《とり》がきどって歌《うた》っていると、頭《あたま》にくるのさ。おれたちみたいに、ちゃんとカーカー鳴《な》いてみろ。鳥《とり》はカーカーと鳴《な》くもんだ。」

カラスどんはいばって言《い》って、あたしを追《お》い回《まわ》した。

カーカー、カーカー。カーカー、カーカー。

やれやれ。あたしはやっと逃《に》げきって、自分《じぶん》のねぐらにもどって、ぐーぐー眠《ねむ》った。

あたしは、こうして毎日《まいにち》、虫《むし》を食《た》べたり、大《おお》きな鳥《とり》に食《た》べられそうになったり、いじめられて逃《に》げ回《まわ》ったりしていたんだよ。

春《はる》がすぎて、夏《なつ》が来《き》て、秋《あき》になって、冬《ふゆ》が訪《おとず》れた。雪《ゆき》が解《と》けて、花《はな》が咲《さ》いた。そして、春《はる》がすぎて、夏《なつ》が来《き》て、秋《あき》になって、冬《ふゆ》が訪《おとず》れた。

それが繰《く》り返《かえ》されて、繰《く》り返《かえ》されて・・・そして、そして・・・

あたしゃ、ちっちゃい鳥《とり》のまま、ばば鳥《どり》になっていたよ。

何度《なんど》も、タカどんにつかまれそうになって、逃《に》げたよ。まだ一度《いちど》も八《や》つ裂《ざ》きにされていないけど、逃《に》げ回《まわ》っているうちに、タカどんの爪《つめ》にやられて、あたしの羽《はね》は、もうぼろぼろさ。飛《と》ぶのが大変《たいへん》になった。もう、山《やま》を越《こ》えて、海《うみ》を越《こ》えて、飛《と》べないよ。

それから、カラスどんはやっぱり、カーカー鳴《な》けといって、せめてくる。あたしはまじめに歌《うた》っているんだけど、そんな歌《うた》じゃだめだと、頭《あたま》をつっつかれっぱなしだった。

あたしゃ、頭《あたま》は痛《いた》いわ、首《くび》は痛《いた》いわ、肩《かた》は痛《いた》いわ、体中《からだじゅう》が痛《いた》いよ。

そして、おなかがすくよ。でも、もう遠《とお》くまで飛《と》んで、ごちそうを探《さが》したりできないよ。あたしゃ、森《もり》の木《き》にとまって口《くち》を開《あ》けて待《ま》った。また、みつばちが、あたしの口《くち》に飛《と》び込《こ》んでくるかな・・・と思《おも》って。思《おも》いっきり大口《おおぐち》を開《あ》けて、待《ま》った。いっくら待《ま》っても、みつばちはあたしの口《くち》に入《はい》ってこなかった。待《ま》ちくたびれたよ。

うんまいもの、食《た》べたいなあ。みつばちでなくても、あわ餅《もち》なんかもいいな。うんまい酒《さけ》も、飲《の》みたいな。八海山《はっかいさん》の米焼酎《こめじょうちゅう》がうまいときいたよ。こんなぼろの羽《はね》はぬいで、きれいな錦《にしき》の羽《はね》がほしいな。錦《にしき》の羽衣《はごろも》を着《き》て、さかずきを酌《く》み交《か》わしたりしたら、極楽《ごくらく》だろうな。あたしゃ、仕方《しかた》がないので、歌《うた》を歌《うた》った。

あわ餅《もち》ちゅうちゅう
米焼酎《こめじょうちゅう》 ちゅうちゅう
にしき さらさら
五葉《ごよう》のさかずき

もってまいろか
ついでまいろか
びびんのびん

何回《なんかい》、歌《うた》っても、あわ餅《もち》も米焼酎《こめじょうちゅう》も、錦《にしき》の衣《ころも》も出《で》てこなかった。あたしゃ腹《はら》をすかせたままだった。

ふと、足元《あしもと》を見《み》ると、おややややー。

じさまがちっちゃこい畑《はたけ》を耕《たが》やしているのが見《み》えるよ。よく、働《はたら》くじさまだなあ。そのうち、じさまは、草原《くさはら》に腰《こし》をおろして、なにか食《た》べ始《はじ》めたよ。にぎりめしだ。あれは、あわ餅《もち》おにぎりかな？

いいなー、いいなー。あたしも食《た》べたーい。

「じさま、あたしにもおくれ。あや、ちゅうちゅう。」

「ほっほう、めんこい鳥《とり》だこと。ほれ、おまえも食《た》べれ。」

じさまは、まんまつぶを投《な》げてよこした。

あむ、あむ。うまーい。

「じさま、もっとおくれ。あや、ちゅうちゅう。」

じさまは、また投《な》げてくれた。

あむ、あむ。うまーい。あや、ちゅうちゅう。いいじさまだなあ。

ねぐらにもどって、あたしゃ思《おも》ったよ。あしたも、じさまのところに行《い》って、まんまつぶをもらおうっと。
次《つぎ》の日《ひ》には、ばさまも畑《はたけ》に出《で》ていた。ばさまも、
「めんこい鳥《とり》だこと。」
といって、あたしにまんまつぶを分《わ》けてくれた。
ばさまのにぎりめし、うんまーい。あや、ちゅうちゅう。
あたしゃ、じさまもばさまも大好《だいす》きになった。思《おも》わず、歌《うた》が出《で》た。

あわ餅《もち》ちゅうちゅう
米焼酎《こめじょうちゅう》 ちゅうちゅう
にしき さらさら

五葉《ごよう》のさかずき
もってまいろか
ついでまいろか
びびんのびん

「おやおや、この鳥《とり》、いい声《こえ》で歌《うた》うねぇ。」
じさまとばさまは手《て》をたたいて、喜《よろこ》んだよ。
あたしゃ、毎日《まいにち》、じさまの畑《はたけ》にでかけて、ばさまのにぎりめしを食《た》べ、
歌《うた》を歌《うた》った。

冬《ふゆ》が近《ちか》づいてきた。ある寒《さむ》い夜《よる》、風《かぜ》の音《おと》を聞《き》いていた。

「そうだ。」

あたしゃ、いいこと思《おも》いついたよ。もう、山《やま》の木《き》のほこらのねぐらに帰《かえ》らないで、じさまの腹《はら》をねぐらにすればいい。そうしよう。そうしょう。それがいい。

あたしゃ、次《つぎ》の日《ひ》、じさまの畑《はたけ》に行《い》って、面白《おもしろ》おかしく歌《うた》を歌《うた》った。

あわ餅《もち》ちゅうちゅう
米焼酎《こめじょうちゅう》 ちゅうちゅう
にしき さらさら

五葉《ごよう》のさかずき
もってまいろか
ついでまいろか
びびんのびん

じさまは、大口開《おおぐちあ》けて、あははーと笑《わら》った。
それーっ、今《いま》だ。あたしは、素早《すばや》く、じさまの口《くち》の中《なか》に飛《と》び込《こ》んだ。
そしてそのまま、するりとじさまの腹《はら》の中《なか》にすべりこんだんだよ。
ああ、あたたかい。気持《きも》ちいい。こんなにあたたかい。いいとこだ。
そしてここでは、口《くち》を開《あ》けるだけで、まんまつぶが食《た》べられるんだ。

あーっ。きたぞ。まんまだ。口《くち》を開《あ》けた。まんまがあたしの口《くち》の中《なか》に入《はい》ってきたよ。あむ、あむ。うまーい。うんまーい。じさま、ごちそうさま。

そのうちに、あたしの傷《いた》んだ羽《はね》もしっとりしてきたよ。

じさまの腹《はら》の中《なか》は、あたたかい。柔《やわ》らかい。らくちんだー。

極楽《ごくらく》、極楽《ごくらく》。ずっとここで暮《く》らそう。


夕《ゆう》べどき、じさまとばさまは、囲炉裏《いろり》ばたで、あわ餅《もち》をこねながら、話《はなし》していた。

「あのめんこい鳥《とり》は、近《ちか》ごろみかけなくなったが、どうしているんだろう。」

「あの、おもっしぇ歌《うた》、また聞《き》きたいねえ。」

それを聞《き》いて、あたしは思《おも》った。

そうか、じさまとばさまは、あたしの歌《うた》が聞《き》きたいんだ。

あたしゃ、じさまのへその穴《あな》を少《すこ》し広《ひろ》げて、

あわ餅《もち》ちゅうちゅう
米焼酎《こめじょうちゅう》ちゅうちゅう
にしきさらさら
五葉《ごよう》のさかずき
もってまいろか

ついでまいろか
びびんのびん

と歌《うた》ったよ。じさまとばさまは手《て》をたたいて、大喜《おおよろこ》びした。

じさまとばさまは、あわ餅《もち》を食《た》べた。あたしもじさまの腹《はら》の中《なか》で食《た》べたよ。ちゅうちゅうと。うまかった。


そして、たちまち、じさまの腹《はら》の歌《うた》は村中《むらじゅう》の評判《ひょうばん》になった。

お殿様《とのさま》のお耳《みみ》にも聞《き》こえて、じさまはお城《しろ》に招《まね》かれた。じさまは、いい着物《きもの》を着《き》てお城《しろ》にあがった。じさまが腹《はら》をたたくと、あたしゃ、じさ

まのへその穴《あな》を少《すこ》し広《ひろ》げて歌《うた》った。お殿様《とのさま》は、
「みごと。みごとな歌《うた》うたいじゃ。さかずきをとらすぞ。」
といいなさった。じさまは、うやうやしく、その五葉《ごよう》のさかずきをうけた。
ぐびぐび。
あたしも、じさまといっしょにごちそうになった。ちゅうちゅうと。
うまいな、米焼酎《こめじょうちゅう》。うぃー。いい気持《きも》ちで、また歌《うた》ったよ。

あわ餅《もち》ちゅうちゅう
米焼酎《こめじょうちゅう》ちゅうちゅう
にしき さらさら

五葉《ごよう》のさかずき
もってまいろか
ついでまいろか
びびんのびん

じさまは、お殿様《とのさま》からほうびをたくさんもらって家《いえ》に帰《かえ》った。
ばさまも大喜《おおよろこ》びした。
それから、あたしゃ、毎日《まいにち》、じさまとばさまとあわ餅《もち》を食《た》べて、
米焼酎《こめじょうちゅう》もときどき飲《の》んで、歌《うた》を歌《うた》って面白《おもしろ》おかしく暮《く》らしたよ。
ここは、じさまの腹《はら》の中《なか》。極楽《ごくらく》、極楽《ごくらく》。いい気持《きも》ち。

令和三年長月《れいわさんねんながつき》　澄《す》んだ秋晴《あきば》れの日《ひ》

おしまい

語《かた》り台本《だいほん》二十《にじゅう》

ダンゴムシころ子《こ》の語《かた》り

「ダンゴムシころ子《こ》の語《かた》り」

https://www.youtube.com/watch?v=AF5x-mw2n0&t=54s

種本《たねぼん》「団子《だんご》ころころ」

https://youtu.be/3ZZGlEkiM6w

新潟《にいがた》のむかし話《ばなし》2000年《ねん》の伝《つた》えるところの「団子《だんご》ころころ」では、正直《しょうじき》じさが、山《やま》にかせぎに行《い》って、ばさの作《つく》ってくれた団子《だんご》を食《た》べ始《はじ》めたら、団子《だんご》は、ころころ　ころがって穴《あな》の中《なか》。地蔵様《じぞうさま》に食《た》べられていた。地蔵様《じぞうさま》は、かわりにじさに福《ふく》を授《さず》けてくれるといって、鬼《おに》のばくちが始《はじ》まることを教《おし》えてくれた。じさは鬼《おに》の金《かね》をもらって家《うち》に帰《かえ》り、ばさと喜《よろこ》び合《あ》った。すると、その話《はなし》を聞《き》きつけた隣《となり》の欲《よく》ばりばばさ、のめしこきじじさをけしかけた。じじさは、団子《だんご》をころがすが、欲《よく》ばりあせって大失敗《だいしっぱい》。鬼《おに》に殴《なぐ》られ大《おお》けがを。金《かね》を待《ま》っていた欲《よく》ばりばばさも、屋根《やね》からころげ落《お》ちたとさ。ところで一方《いっぽう》、この欲《よく》ばり　のめしこき　じじさと　ばばさの家《うち》に出入《でい》りしていた、団子《だんご》ならぬダンゴムシころ子《こ》の陳述《ちんじゅつ》によれば・・・

あたしは、ダンゴムシのころ子《こ》じゃ。柱《はしら》にひっつかまって茶《ちゃ》の間《ま》をながめていたさ。そしたら、ごーたればばさが、駆《か》け込《こ》んできて、じじさにいった。

「なあなあ、じじさ、じじさ。となりのじさとばさは、えらい金《かね》もうけしたが。二人《ふたり》してほくほくして金勘定《かねかんじょう》しとったぞ。となりのじさが、団子《だんご》を穴《あな》にころがして、地蔵様《じぞうさま》に団子《だんご》食《た》べさせたら、地蔵様《じぞうさま》が福《ふく》さずけるというて、鬼《おに》の金《かね》をくれたと。こうしちゃおれん。おまえも地蔵様《じぞうさま》から福《ふく》さずけてもらって、金《かね》もうけしてきてくれ。」

「なに？　金《かね》もうけとな。どうやったら、地蔵様《じぞうさま》は福《ふく》をくれるんじゃ？」

「団子《だんご》を食《く》わせるんじゃ。」

「団子《だんご》とな。地蔵様《じぞうさま》に食《く》わせるより、おれが団子食《だんごく》いたいわい。」

「おまえが団子食《だんごく》っても金《かね》はでてこんわ。」

「おれが団子食《だんごく》ってからにしょうて。」

「おまえに団子食《だんごく》わせるのはもったいないわ。」

「おれに食《く》わせろー。食《く》わせろー。」

やれやれ、またこの家《いえ》のごーたればばさと ごーつくじじさのけんかが始《はじ》まったよ。じじさが、団子食《だんごく》わせろ、団子食《だんごく》わせろと、わめきたてた。

食《く》い意地《いじ》はって、うるさい、ごーつくばりのじじさだ。

ようーし、黙《だま》らしてやる。目《め》つぶしだ。

あたしは、えいっと飛《と》んで、じじさの顔《かお》を直撃《ちょくげき》。バシッ。

やったー。命中《めいちゅう》。

「いたたー。」

じじさは、また、わめいた。

「どうしたんじゃ。」

ばばさは、たいしてかわいそがらずに、いった。じじさは、べそかいて、

「おまえ、おれにパンチくらわしたな。」

「なにいっているだ。ばちあたりじじさめ。なに寝《ね》ぼけているんじゃ。

・・・むむむ、おや、これはなんだ。」

ばばさは、土間《どま》にころがって丸《まる》くなっているあたしを見《み》つけたようだ。

「じじさ、じじさ。いいものみーつけた。ダンゴムシじゃ。団子《だんご》なん

ぞ作《つく》って、地蔵様《じぞうさま》に食《く》わすのはもったいない。このダンゴムシを穴《あな》にころがして、地蔵様《じぞうさま》から福《ふく》もらってくるのじゃ。金《かね》もうけじゃ。いつまでも、いたいの、かゆいのと泣《な》きごといってねーで、はよ、いってこう。」

ばばさは、あたしをじじさの手《て》ににぎらせて、ドンと、じじさを家《いえ》から追《お》い出《だ》した。

「ごーたればばあめ。」

じじさは、仕方《しかた》なく、山《やま》に行《い》った。じじさは山《やま》につくと、

「団子食《だんごく》いたい、団子食《だんごく》いたい。」

まだいっていた。それでも手《て》のひらにあたしがにぎられているのをみ

て、ばばさのいった金《かね》もうけを思《おも》い出《だ》して、

「どの穴《あな》じゃ、どの穴《あな》じゃ。地蔵様《じぞうさま》とこに行《い》くのは、どの穴《あな》じゃ？」

と、うろろろろ。あたしは、じじさがかわいそうになったから、

「こっちじゃ、こっちじゃ。地蔵様《じぞうさま》とこ行《い》くのは、こっちじゃぞ。」

と、じじさを手引《てび》きしてやった。じじさは、あたしの声《こえ》が聞《き》こえたか、

「おうおう。」

といって、あたしをころがした。あたしは、ダンゴムシころ子《こ》だから、
ころころところがって、穴《あな》に入《はい》ったよ。

ころころ、ころころ・・・

じじさも、

「ころ子《こ》、待《ま》ってれ。ころ子《こ》、待《ま》ってれ。」

といって、追《お》いかけて来《き》た。じじさは、地蔵様《じぞうさま》の前《まえ》に来《く》ると、

「地蔵様《じぞうさま》、地蔵様《じぞうさま》。こっちに団子《だんご》がころがってこんかったかいの。」

と聞《き》いた。

「いや、こねかった。」

地蔵様《じぞうさま》は、すまして答《こた》えた。

「いんや、来《き》たはずだ。地蔵様《じぞうさま》は目《め》が悪《わる》いのう。ちょっと小《ちい》さい団子《だんご》だども、よく見《み》ればわかる。小《ちい》さいけれども、ただの団子《だんご》じゃないぞ。栄養満点《えいようまんてん》じゃあ。それ食《く》って、おれに金《かね》さずけてくだされ。」

「なんじゃ、じじさは金《かね》かせぎにきたのか。金《かね》なら、夜《よる》になったら、

鬼《おに》が来《く》るから、鬼《おに》からもらえ。」

「あい、わかった。じゃあ、地蔵様《じぞうさま》。団子《だんご》ようく探《さが》して食《く》ってくだされ。」

そういわれて、地蔵様《じぞうさま》が団子《だんご》を探《さが》して、前《まえ》かがみになると、じじさはその地蔵様《じぞうさま》の背中《せなか》にぴょんと飛《と》び乗《の》って、天井裏《てんじょううら》に上《あ》がった。

「うっひっひ、ひ。ここで待《ま》っていると、鬼《おに》が金《かね》、運《はこ》んでくるんだな。」

ごーつくじじさは、にんまりしていった。

地蔵様《じぞうさま》は、しばらく、ちっちゃいダンゴムシのあたしを探《さが》していたが、あたしはちっちゃくて、なかなか見《み》つけられないし、それに、あたしを食《た》べても、たぶん、はたらきもんばさの作《つく》った団子《だんご》よりもおいしくないだろ。

あたしはそっと柱《はしら》を登《のぼ》って、屋根裏《やねうら》に行《い》ってみた。

ごーつくじじさは、もう眠《ねむ》りこけていた。

夜《よる》になると、ゴーっと生《なま》あたたかい風《かぜ》がふいて、どこからか、赤鬼《あかおに》、青鬼《あおおに》、まだら鬼《おに》たちがやってきた。ごーつくじじさはずっと眠《ねむ》りこけていて、だんだん、いびきが大《おお》きくなっていた。

ゴーっ、ゴーっ。ゴーつく、ゴーつく。ゴーっ、ゴーっ。

鬼《おに》たちは顔《かお》を見《み》あわせた。

「おい。あの音《おと》はなんじゃ。」

ゴーっ、ゴーっ。ゴーつく、ゴーつく。

「風《かぜ》の音《おと》じゃろう。」

赤鬼《あかおに》が外《そと》を見《み》にいったが、風《かぜ》は吹《ふ》いていなかった。

ゴーっ、ゴーっ。ゴーつく、ゴーつく。

「地蔵様《じぞうさま》がうなっていなさるだ。」

青鬼《あおおに》が見《み》にいくと、地蔵様《じぞうさま》は静《しず》かに目《め》を閉《と》じていた。

そして、鬼《おに》たちの頭《あたま》の上《うえ》で、

ゴーっ、ゴーっ。ゴーつく、ゴーつく。

ごーつくじじさのいびきは、ますます大《おお》きく響《ひび》いて、やむ けはいがない。

ゴーっ、ゴーっ。ゴーつく、ゴーつく。ゴーつく、ゴーつく。

「気味《きみ》の悪《わる》い晩《ばん》だのう。」

鬼《おに》たちは、ごーつくじじさのいびきにおびえていた。あたしは、ついでに鬼《おに》どもをからかいたくなった。よし、目《め》つぶしだ。えーい。

あたしは、弾丸《だんがん》になって、まだら鬼《おに》の顔《かお》を直撃《ちょくげき》。バシッ。

やったー。またも命中《めいちゅう》。

「いたたー、いたたー。えーん。」

まだら鬼《おに》は、情《なさ》けない声《こえ》で泣《な》き出《だ》した。

「いたいよ。こわいよ。えーん。えーん。」

まだら鬼《おに》はいつまでも泣《な》きやまない。

「きょうは、ばくちはやめだ。」

とうとう、親分鬼《おやぶんおに》は家来《けらい》の鬼《おに》たちに声《こえ》をかけた。鬼《おに》どもは、すごすごと引《ひ》き上《あ》げていった。

コケコッコー。

一番鶏《いちばんどり》が鳴《な》いた。ごーっくじじさは、まだいびきをかいて寝《ね》ていた。

ゴーっ、ゴーっ。ゴーっく、ゴーっく。ゴーっ、ゴーっ。

コケコッコー。コケコッコー。

二番鶏《にばんどり》、三番鶏《さんばんどり》が鳴《な》いた。ようやく、ごーっくじじさは目《め》を覚《さ》ました。

あくびをしながらいった。

「そろそろ鬼《おに》が出《で》て来《く》るころかのう。うっひっひ、ひ。」

なに、寝言《ねごと》いってるのじゃ。おまえが寝《ね》ている間《あいだ》に、もうとっくに鬼《おに》どもは、ねぐらに帰《かえ》ったわ。

ごーつくじじさは、寝《ね》るのもごーつくばりじゃ。いっぱい寝《ね》たのう。

そこへ、

「おはようございます。」

外《そと》から、明《あか》るい声《こえ》がした。

「おっ、来《き》たぞ、来《き》たぞ。鬼《おに》が、金《かね》持《も》って来《き》たぞ。」

ごーつくじじさは、外《そと》に飛《と》び出《だ》して行《い》った。

「なーんだ、おまえはとなりのはたらきもんじさじゃないか。鬼《おに》が金《かね》、運《はこ》んできたのじゃないのか。」

「となりのじじさま。おはようございます。このまえ、地蔵様《じぞうさま》に福《ふく》をいただいたで、お礼《れい》に団子《だんご》をもってきたのじゃ。地蔵様《じぞうさま》、ありがとうございました。」

はたらきもんじさは、地蔵様《じぞうさま》にたーんと団子《だんご》をおそなえした。地蔵様《じぞうさま》は、

「おう、よう来《き》たのう。おまえんとこの団子《だんご》はうんまい団子《だんご》じゃった。それ、ごーつくじじさも一緒《いっしょ》に食《た》べよう。」

「おお、うまげだ。団子《だんご》じゃ。ほんもの団子《だんご》じゃ。むしゃむしゃ、むしゃ。」

ごーつくじじさは、夢中《むちゅう》になって団子《だんご》をほおばった。

「うんまい、うんまい。」

地蔵様《じぞうさま》も、

「うんまい、うんまい。」

地蔵様《じぞうさま》とごーつくじじさは、ほんもの団子《だんご》を、食《た》べた、食《た》べた。

「うんまい団子《だんご》じゃ。はたらきもんばさの作《つく》った団子《だんご》はうんまいのう。

ほっぺたがおっこちるわ。おまえのとこの、ばばさにも土産《みやげ》にもって

いってやれ。」

地蔵様《じぞうさま》は、ごーつくじじさに、いいなさった。

ごーつくじじさは、鬼《おに》の金《かね》はもらえなかったが、うんまい団子《だんご》を食《た》べて、

土産《みやげ》ももらって、ばばさのところに帰《かえ》った。

あたしは、ダンゴムシころ子《こ》で、ほんもの団子《だんご》じゃないから、地蔵様《じぞうさま》に

食《た》べられないでよかったよ。
ごーたればばさも、ほんものの、うんまい団子《だんご》を食《た》べておくれ。
おしまい

令和三年霜月《れいわさんねんしもつき》　初雪《はつゆき》の便《たよ》り

語《かた》り台本《だいほん》二十一《にじゅういち》

弟《おとうと》ホトトギスぴょっぴょの語《かた》り

「弟《おとうと》ホトトギスぴょっぴょの語《かた》り」

https://www.youtube.com/watch?v=iHFP8V9ae8U

種本《たねぼん》「ホトトギスと兄弟《きょうだい》」

https://youtu.be/mQJ4b4-UV3w

新潟《にいがた》のむかし話《ばなし》二〇〇〇年《ねん》「ホトトギスと兄弟《きょうだい》」の伝《つた》えるところによると・・・・

風邪《かぜ》をひいて寝込《ねこ》んでしまった兄《あに》を心配《しんぱい》した弟《おとうと》。早《はや》く元気《げんき》になってもらおうと、自然薯《じねんじょ》を採《と》ってきてすりおろしては、兄《あに》に食《た》べさせていた。弟《おとうと》は自然薯《じねんじょ》の柔《やわ》らかい、いいところをとろろにして兄《あに》にやり、自分《じぶん》は土間《どま》のかげで、しっぽのまずいところを食《た》べていたのだ。しかし兄《あに》は、弟《おとうと》が隠《かく》れてうまいものを食《た》べているのではないかと疑《うたが》い出《だ》した。疑《うたが》いをはらそうとして、弟《おとうと》は自分《じぶん》の腹《はら》をかき切《き》って臓物《ぞうもつ》の中身《なかみ》を見《み》せようとしたのだという・・・

兄《あに》の後悔《こうかい》。ホトトギスとなった兄《あに》の鳴《な》き声《こえ》は止《や》むことがない・・・

おじ恋《こい》しい・・おじ恋《こい》しい・・と、林《はやし》のあちこちから、昼《ひる》となく夜《よる》となくホトトギスの鳴《な》き声《こえ》が聞《き》こえているというが・・・はたして、ホトトギスは、なんといって鳴《な》いているのだったろう・・・

あーん、きゅうくつだあ。もう、いつまでも、ねてられないよ。もう出《で》たいよ。どうやったら出《で》られるんだ。おいらは、もう卵《たまご》じゃないよ。小鳥《ことり》ちゃんだよ。

ぴょっぴょ。ぴょっぴょ。ねてられないよーだ。出《で》たいよ。出《で》たいよー。ぴょっぴょ。ぴょっぴょ。

コツコツ。
おいらは、あたりをつっついたよ。
コツコツコツ。コツコツコツコツ。
あっ、開《あ》いた。殻《から》に穴《あな》が開《あ》いた。お外《そと》だ。お外《そと》が見《み》える。ぴょっぴょ。
もっと、つっついた。
コツコツコツ、コツコツコツ。
わー、外《そと》だ、外《そと》だ。頭《あたま》を出《だ》した。出《で》られた。からだも出《だ》した。
ぴょっぴょ。おいらは、殻《から》をぬぎ捨《す》てた。やったー。大成功《だいせいこう》。
ホトトギス小鳥《ことり》の誕生《たんじょう》だ。ぴょっぴょ。ぴょっぴょ。
すると、急《きゅう》に目《め》の前《まえ》に、大《おお》きな顔《かお》が近《ちか》づいてきた。

あっ、おいらのかか鳥《どり》だな。おいらに、おめでとうをいいに来《き》たんだ。ぴょっぴょ。

「かかさー、ぴょっぴょ。」

おいらは、飛《と》びつこうとした。

「なにいっているんだ。かか鳥《どり》のもんか。かか鳥《どり》は、卵《たまご》をおいてすぐに飛《と》んで行《い》ったさ。」

「えっ、かかさじゃないの。ぴょっぴょ。かかさかと思《おも》ったよ。そうか。じゃあ、あんちゃ鳥《どり》だね。あんちゃーん。」

「ちぇ、あまえるんじゃねー。おじ鳥《どり》め。ここは乳母鳥《うばどり》の巣《す》だ。おれさまの巣《す》だ。」

「ふーん。あんちゃの巣《す》なんだね。おなか、すいたよ。なんか食《た》べさせてよ。ぴょっぴょ。」

「うるせー、おじ鳥《どり》だ。今《いま》、乳《う》母《ば》鳥《どり》が、虫《むし》とってくるからな。だがよ。その虫《むし》は、おれさまの食《た》べ物《もの》さ。おまえの分《ぶん》はないよ。」

「えーん、ぴょっぴょ。ぴょっぴょ。おいらの分《ぶん》はないの。あんちゃ、分《わ》けてくれないの？」

「さっき、いっただろう。ここは、おれさまの巣《す》だって。乳《う》母《ば》鳥《どり》は、おれさまの乳《う》母《ば》だ。乳《う》母《ば》鳥《どり》がとってきた虫《むし》は、おれさまの食《た》べ物《もの》だって。」

「えーん、ぴょっぴょ。ぴょっぴょ。せっかく生《う》まれてきたのに、おいらの食《た》べ物《もの》はないの。えーん、ぴょっぴょ。」

「うるせーな。おまえ、ホトトギスなら、ホトトギスらしく泣《な》け。なんだその泣《な》き方《かた》は。おまえは、赤《あか》んぼ鳥《どり》だなあ。虫《むし》を食《た》べるのは、まだ無理《むり》だ。そうだ。赤《あか》んぼ鳥《どり》には、山芋《やまいも》の汁《しる》がいいぞ。」

「ふーん。おいらには、山芋《やまいも》の汁《しる》がいいのか。じゃあ、あんちゃ、それは乳母鳥《うばどり》が持《も》ってきてくれるの。ぴょっぴょ。」

「さっき、いっただろ。乳母鳥《うばどり》は、おれさまの虫《むし》をとって来《く》るんだ。」

「じゃあ、おいら、どうすればいいの？ えーん。えーん。」

「うーん。ほら、下《した》をみてみろ。がけっぷちのところで、村《むら》のときすけどんが山芋《やまいも》ほりしているだろ。ときすけどんは、毎日《まいにち》、山芋《やまいも》ほりじゃあ。ときすけどんの腹《はら》の中《なか》に、山芋《やまいも》の汁《しる》がたっぷり入《はい》っているぞ。

だから、ときすけどんの腹《はら》の中《なか》に入《はい》れば、山芋《やまいも》の汁《しる》が、たっぷり、いただけるというものさ。」

「わかった。あんちゃ鳥《どり》、おいら、ときすけどんの腹《はら》に入《はい》るよ。ぴょっぴょ。」

「よーし。じゃあ、いいか。あの村《むら》のしょが、あああーとあくびをしたら、おれさまがおまえを蹴《け》ってやるから、おまえは、ときすけどんの口《くち》に飛《と》び込《こ》むんだ。」

「うん。わかったよ。ぴょっぴょ。」

あんちゃ鳥《どり》とおいらは、じっと、ときすけどんが山芋《やまいも》ほりしているのを見《み》ていた。

すると、とうとう、ときすけどんは、手《て》を休《やす》めたかと思《おも》うと、腰《こし》をのばした。そして、

「あああー」

と大《おお》あくびだ。

「そーれ、今《いま》だ。飛《と》び込《こ》めー。」

ポーン。

あんちゃ鳥《どり》は、ときすけどんの大口《おおぐち》めがけて、上手《じょうず》においらを蹴《け》ってくれた。おいらは、ときすけどんの腹《はら》に、ストーン。

しめしめ。これで山芋《やまいも》の汁《しる》を待《ま》つばかり。ぴょっぴょ。

ときすけどんは、山芋《やまいも》を大事《だいじ》に家《いえ》に持《も》ち帰《かえ》った。そして、山芋《やまいも》の一番《いちばん》い

いところを、とろろにすりおろした。もうじき、おいらも山芋《やまいも》、食《た》べられるぞ。うひひ・・ぴょっぴょ・・ぴょっぴょ・・。

ところが、

「あんちゃ、これ食《く》って早《はよ》う元気《げんき》になってくれや。」

ときすけどんは、すりおろした山芋《やまいも》のいいところを全部《ぜんぶ》、病気《びょうき》で寝《ね》ている、ぽとすけあんちゃに食《た》べさせた。

なーんだ、ときすけどんは、食《た》べないのかと、おいらは思《おも》った。

ときすけどんは、土間《どま》のかげに隠《かく》れて、残《のこ》った山芋《やまいも》のしっぽなんかを、かじっていた。それで、おいらのところにうんまい山芋《やまいも》の汁《しる》は、まわってこなかった。

えーん、えーん。ぴょっぴょ。ぴょっぴょ。

それが何日《なんにち》も続《つづ》いた。

えーん、えーん。はらがへったよ。ぴょっぴょ。

うんまい山芋《やまいも》の汁《しる》が、ほしいよー。

おいらの声《こえ》が、聞《き》こえたらしい。ぽとすけあんちゃが、いった。

「おい、ときすけ、おまえの腹《はら》の虫《むし》が、泣《な》いとるぞ。おまえは、おれなんかと違《ちが》って、いくらでも、うまいものを食《た》べられるじゃないか。どうして腹《はら》の虫《むし》が泣《な》くんだ? もっと、うまいものが、食《た》べたいのか?」

「あんちゃ、なにいうだ。おら、うまい山芋《やまいも》は、みんな病人《びょうにん》のあんちゃに食《た》べさせている。それでいいんだ。おら、自分《じぶん》が、うまいものが食《た》べたいなんて、思《おも》っていねえ。」

えーん。えーん。はらへったー。うんまい山芋《やまいも》の汁《しる》ー。ほしいよー。

ぴょっぴょ。おいらは、ここぞとばかり、もっと大《おお》きい声《こえ》で泣《な》いた。

「ときすけ、また、おまえの腹《はら》がなった。おまえ、腹《はら》がへっているんだ。」

「おら、腹《はら》なんかへっていねえ。」

えーん。えーん。はらへったー。はらへったー。

ぴょっぴょ。ぴょっぴょ。

「じゃあ、今《いま》のは、なんだ。おまえの腹《はら》の虫《むし》じゃないのか。おまえの腹《はら》を、見《み》せてみろ。」

ぽとすけあんちゃは、いやがるときすけどんを押《お》さえつけて、無理《むり》やり、着物《きもの》をめくって、おじの腹《はら》を広《ひろ》げた。
「ほら、あんちゃ、おら、腹《はら》なんかへっていねえ。見《み》てくれ。腹《はら》が、
こんなにふくれている。」
ときすけどんの腹《はら》は、おいらのおかげで、ぷっくら、ふくらんでいた。
だども、おいらは、もう、ときすけどんの腹《はら》に入《はい》っているのが、嫌《いや》になっ
た。ぴょっぴょ。おいしい山芋《やまいも》の汁《しる》もなんも、こないんだから。
それで、おいらは、また泣《な》いた。
えーん、えーん。はらへった。はらへったー。ぴょっぴょ。ぴょっぴょ。
「ときすけ、おまえの腹《はら》が、えーん、えーんと赤《あか》ん坊《ぼう》みたいな声《こえ》で、泣《な》
いとるぞ。いったい、どうしたんだ。この腹《はら》は、どうなっているんだ。」

ぽとすけあんちゃは、ときすけどんの腹《はら》を、ぎゅっと押《お》した。

よーし。今《いま》だ。ぴょっぴょ。

おいらは、腹《はら》を押《お》された勢《いきお》いで、ときすけどんの口《くち》から飛《と》び出《だ》した。

ぴょっぴょ。

ぽとすけ兄《あに》は勢《いきお》いよく押《お》してくれたから、おいらは、お空《そら》に向《む》かって飛《と》びたった。

ぴょっぴょ。ぴょっぴょ。大空《おおぞら》を飛《と》んで、大《おお》きく息《いき》を吸《す》った。

すると、もう赤《あか》ん坊《ぼう》の声《こえ》ではなくなっていた。おいらは、うれしくなった。そうだ。おいらのあんちゃに、知《し》らせよう。

「あんちゃーん。どこだー。あんちゃーん。どこにいるー。」

おいらは、森中《もりじゅう》、おいらのあんちゃ鳥《どり》を、探《さが》した。

山《やま》から山《やま》へ、飛《と》んだよ。

「あんちゃ鳥《どり》やー。おいらは、お空《そら》を飛《と》んでいるよー。」

おいらは、赤《あか》んぼ鳥《どり》じゃあ、なくなっていた。ひとりで虫《むし》も探《さが》せそうだ。

あんちゃ鳥《どり》も、もう乳母鳥《うばどり》のところには、いないだろうな。

どこにいるんだろう。大空《おおぞら》は、広《ひろ》いな。

「あんちゃ鳥《どり》やー。あしたは節句《せっく》だー。あしたは節句《せっく》だー。」

おいらは、歌《うた》いながら、いつまでもあんちゃ鳥《どり》を、探《さが》した。

おいらは、赤《あか》んぼ鳥《どり》じゃないぞ。虫《むし》も自分《じぶん》で探《さが》すよ。そして、あんちゃ鳥《どり》といっしょに、食《た》べよう。

「あんちゃーん、どこにいるんだー。あしたは節句《せっく》だー。あしたは節句《せっく》だー。いっしょにごちそう、食《た》べようよー。」

空《そら》に、おいらの声《こえ》が、響《ひび》いた。あんちゃーん。お空《そら》は広《ひろ》いね。


村《むら》のぽとすけあんちゃは、それからだんだん元気《げんき》になって、ときすけおじといっしょに、また働《はたら》き始《はじ》めたということだ。

いく日《にち》も、いく晩《ばん》も、おいらは探《さが》したけど、おいらのあんちゃ鳥《どり》は、みつからない。それでもおいらは、

「あんちゃーん、どこにいるんだー。どこにいるんだー。」

と、あんちゃ鳥《どり》を探《さが》しているよ。

あんちゃーん、会《あ》いたいよー。

令和四年如月《れいわよねんきさらぎ》　寒《さむ》さにふるえる夜《よる》

おしまい

語《かた》り台本《だいほん》二十二《にじゅうに》

食《く》うぞあねさの語《かた》り

「食《く》うぞあねさの語《かた》り」

https://www.youtube.com/watch?v=yjYTw4inE7g

種本《たねぼん》「食《く》わず嫁《よめ》さ」

https://www.youtube.com/watch?v=vgum6OibvAY&t=48s

目《め》が覚《さ》めた。がぉーと、いつもの朝《あさ》の遠吠《とおぼ》え・・・吠《ほ》えたつもりだったけど・・・ふぁーあ。

あれ？変《へん》だ。もう一回《いっかい》やってみた。朝《あさ》の遠吠《とおぼ》え・・・ふぁーあ。

やっぱり、がぉーになっていないよ。今朝《けさ》は変《へん》だ。

わらわは自分《じぶん》の口《くち》を触《さわ》ってみた。あれ？耳《みみ》まで裂《さ》けているはずの口《くち》が、おちょぼ口《くち》になっているよ。

顔《かお》を触《さわ》ってみた。あれ？つるつる、ふっくらほっぺになっているよ。

がさがさじゃない！しわになってない！

じゃあ、髪《かみ》の毛《け》は？針金《はりがね》みたいな、まっ白《しろ》のザンバラ髪《かみ》が、しっとり、しなやか。長《なが》い黒髪《くろかみ》になっている！

あっ、そうか。わらわは、今朝《けさ》は、冬眠《とうみん》から目覚《めざ》めたんだ。たっぷり冬眠《とうみん》すると、おっとろしい鬼婆《おにばば》の顔《かお》や髪《かみ》の毛《け》が、すっかり若返《わかがえ》って、器量《きりょう》よしのあねさにもどってるんだ。そうか。うふふふ。さあ、春《はる》だ、春《はる》だ。けど、わらわは、まだ眠《ねむ》たくてぼんやりしていた。

村《むら》まで歩《ある》いてきたよ。どこだ、どこだ。ここはどこだ。そろそろ、お仕事《しごと》だよ。トントン。戸《と》をたたいた。

「旅《たび》のものです。今晩一晩《こんばんひとばん》、泊《と》めてくださいな。」

出《で》て来《き》たあんにゃさは、わらわを見《み》ても、逃《に》げ出《だ》さなかった。おとなしそうな、いいあんにゃさだ。ふふふふー。

「おれのとこは、びんぼうだから、まんまも出《だ》せねえぞ。」

あんにゃさは、わらわを見《み》て、まぶしそうな顔《かお》をしていった。

「どこでもいいから、おいてくらっしゃれ。まんまなんか、ちっとも食《く》わんでいいから。」

うまいこと、家《うち》に上《あ》がり込《こ》んだ。そうして、また眠《ねむ》りこけた。

次《つぎ》の日《ひ》、あんにゃさは、あきれていた。

「おまえさん、いつまで寝《ね》ていなさる?」

えっ、そんなに寝《ね》てたかな・・

「寝《ね》るなら、屋根裏部屋《やねうらべや》で寝《ね》てくれ。」

寝《ね》てくれといわれて、わらわは屋根裏部屋《やねうらべや》に上《あ》がって、また寝《ね》てしもた。

冬眠《とうみん》から覚《さ》めたばかりだと、眠《ねむ》ったくて、眠《ねむ》ったくて、いくらでも寝《ね》てしまうのだったよ。ぐーぐー。すやすや。ぐーぐー。すやすや。目《め》が覚《さ》めた。ふあーあ、ふあーあ。

よし、がぉーでないぞ。わらわは、器量《きりょう》よしのあねさだ。うっかり寝《ね》続《つづ》けていて、婆《ばば》になっていたことがあったなあ。あんときはあわてた。仕事《しごと》がやりにくくなるからな。

さあ、そろそろ働《はたら》かないと、秋《あき》になってしまうよ。

あー？　なんだ？　いい匂《にお》いだ。屋根裏《やねうら》から、下《した》の土間《どま》をのぞいたよ。

あんにゃさが、まんまを炊《た》いてるぞ。まんまが炊《た》ける匂《にお》いだ。いい匂《にお》いだなあ。それにしても、ずいぶん、でっかい釜《かま》だ。びんぼうだっていっていたのに、釜《かま》はでかいぞ。あんにゃさは、にぎりめしを作《つく》り始《はじ》めたよ。
いったい、いくつ作《つく》るんだ。はんぎりおけに、にぎりめしの山《やま》ができた。
わらわの分《ぶん》もにぎっているんだな・・・よし、よし。
あれれ・・あんにゃさは、ひとりで、もりもり、食《た》べ始《はじ》めたよ。
もりもり、もりもり・・
「うんめえ。うんめえ。これでやっと食《く》うたような気《き》がする。」
うまそう・・わらわにもおくれー。あんにゃさー、でっこいにぎりめ
し・・ほしいよ・・ほしいよ・・・わらわの口《くち》は、よだれを垂《た》らしなが
ら、どんどん前《まえ》に突《つ》き出《で》た。にぎりめし、ほしいよ・・・
ぎゃあー。ドデーン。

わらわの口《くち》が前《まえ》に突《つ》き出《で》すぎて、屋根裏《やねうら》から、転《ころ》げ落《お》ちたよ。

「いたたた・・・」

「どうしたんだ? むしゃ、むしゃ・・・」

あんにゃさは食《た》べるのに夢中《むちゅう》で、わらわが屋根裏《やねうら》から落《お》ちたの、気《き》がつかないのか? まだ、食《た》べているよ。

「おまえさま、びんぼうだから、まんま出《だ》せねえとかいうて、一人《ひとり》で そんなに食《た》べるのか?」

「ああ。おれ、にぎりめし、うんまいからなあ。もりもり、むしゃむしゃ。」

「わらわにも、食《た》べさせておくれでないかえ。」

「おまえさんの分《ぶん》は、なーい。もりもり、もりもり・・・」

「にぎりめし、まだ、あるじゃないか。」

「これは、おれの昼飯《ひるめし》だー。むしゃむしゃ。」

「わらわには、くれない気《き》だな。」

いいあんにゃさだと思《おも》ったのに、どけち。

「ああ。あねさの分《ぶん》はなーい。」

むしゃむしゃ。もりもり。

むしゃむしゃ。もりもり。

「あねさ、そろそろ帰《かえ》ってくれないか。」

そら、きた。わらわは、おちょぼ口《くち》が大《おお》きく裂《さ》けないように気《き》をつけながら、かわいげにいった。

「わらわは、いま屋根裏《やねうら》から落《お》っこちて、足《あし》を痛《いた》めてしもた。歩《ある》けないよ。」

「おまえさんの家《うち》はどこだ。」

「山《やま》の岩屋《いわや》だよ。」

「いつまでもおれんちにいられても、めしは、でないからな。」

「じゃあ、あんにゃさが、岩屋《いわや》まで送《おく》っておくれー。」

わらわは、器量《きりょう》よしのあねさのままで、いい終《お》えた。あんにゃさは山《やま》仕事《しごと》のついでに、わらわを岩屋《いわや》まで送《おく》ってくれることになった。

しめしめ。いい調子《ちょうし》。あんにゃさは、残《のこ》りのにぎりめしを頭《あたま》にくくりつけた。わらわはあんにゃさの背中《せなか》に飛《と》び乗《の》った。

えいこら、どっこい。えいこら、さっさ。出発《しゅっぱつ》じゃ。


いひひひ。いいぞ、いいぞ。あんにゃさは、にぎりめしをたっぷり食《た》べたなー。わらわにくれなくたって、いいさー。どーせ、あんにゃさの腹《はら》の中《なか》に、にぎりめしがたっぷりはいっているからな。

うひひひ。うれしいな、うれしいな。岩屋《いわや》に帰《かえ》って、早《はや》く食《た》べたいな。

ん？あんにゃさは力持《ちからも》ちだな。

はやいぞ、はやいぞ。風《かぜ》を切《き》って飛《と》ぶように走《はし》ったよ。わらわは、振《ふ》り落《お》とされないように、あんにゃさの背中《せなか》にしがみついていた。このあんにゃさ、なかなかやるわい。役《やく》に立《た》ちそうだ。すぐに食《た》べるのは、もったいないかな。しばらく下男《げなん》にして使《つか》ってやってもいいぞ。そのとき、

ドンドン、ドンドン。

わらわの頭《あたま》に、なんか、ぶつかってきたよ。なんだ？　柔《やわ》らかいよ。あっ、あんにゃさの頭《あたま》にくくりつけられた、にぎりめしだ。どーうれ、どれ。ちょっと食《た》べてみてやろうかな。

わらわは、あんにゃさの背中《せなか》で、にぎりめしを食《た》べたよ。むしゃむしゃ。

「あー、うんまい、うんまい。にぎりめしは、うんまいもんだなあ。」

すると、いきなり、あんにゃさは、どっと、止《と》まった。

「それは、おれの昼飯《ひるめし》だ。」

わらわは、にぎりめしを食《た》べたから、口《くち》が広《ひろ》がって、もうおちょぼ口《くち》でなくなっていた。

まずいぞ。正体《しょうたい》、ばれるぞ。わらわは、がおーといいそうになるのをこらえて、口《くち》を押《お》さえながらいった。

「痛《いた》いよ、痛《いた》いよ。足《あし》が痛《いた》みだしたよ。早《はや》く帰《かえ》りたいよう。」

わりとかわいい声《こえ》でいえた。

「あんにゃさ。足《あし》が痛《いた》いよう。急《いそ》いでおくれ。」

こんどは、あんまりかわいい声《こえ》でなくなってきた。あんにゃさがふりかえったとき、わらわは、もう口《くち》が裂《さ》けてきて器量《きりょう》よしでなくなっているから、顔《かお》を手《て》でおおった。

「あねさ、泣《な》いているのか？　そんなに痛《いた》いのか？」

「えーん、えーん。」

あんにゃさにいわれて、急《いそ》いで泣《な》きまねをした。だども、泣《な》き声《ごえ》もかわいい声《こえ》でなかった。

「だいぶ痛《いた》いのか？　あっ、あそこに菖蒲《しょうぶ》が生《は》えている。菖蒲《しょうぶ》をとってきてやるよ。」

「えっ、菖蒲《しょうぶ》とな。」

わらわは、菖蒲《しょうぶ》は大《だい》の苦手《にがて》なのじゃ。刀《かたな》の刃《は》のようにするどく立《た》っていて、こわいじゃないか。

「あんにゃさ、菖蒲《しょうぶ》はいいよ。菖蒲《しょうぶ》は嫌《きら》いじゃ。それより、はよう、うちに帰《かえ》してくれ。」

と、叫《さけ》んだ。

「なにいっているだ。菖蒲《しょうぶ》を持《も》って帰《かえ》って、うちで菖蒲湯《しょうぶゆ》に入《はい》れ。足《あし》の痛《いた》いのがなおるぞ。」

そういって、あんにゃさは、菖蒲《しょうぶ》をとってきた。

ぎゃおー。わらわが叫《さけ》んでいるのにかまわず、あんにゃさは、菖蒲《しょうぶ》を一束《ひとたば》にして、わらわにくくりつけた。わらわは、

「助《たす》けてー、菖蒲《しょうぶ》こわいよー。わらわの背中《せなか》が切《き》れるよう。」

と、叫《さけ》んだが、あんにゃさは、ちっとも聞《き》いてくれない。そのまま、わらわと菖蒲《しょうぶ》を背中《せなか》にしょって走《はし》った。

わらわは、あんまり叫《さけ》んだら、口《くち》が裂《さ》けてきて、おっとろしい鬼婆《おにばば》の顔《かお》になってくるぞ。

そうとも知《し》らないで、あんにゃさは、風《かぜ》を切《き》って飛《と》ぶように走《はし》り続《つづ》けた。

「わらわのからだから、菖蒲《しょうぶ》とってくれー。菖蒲《しょうぶ》捨《す》てろー。」

何度《なんど》いっても、あんにゃさは聞《き》いていない。夢中《むちゅう》で走《はし》り続《つづ》けている。もうだめだ。岩屋《いわや》までいかないで、ここであんにゃさを食《く》らうしかない。わらわがおーと叫《さけ》ぼうとしたとき、

そのとき、あんにゃさは、いきなり、どっと、止《と》まった。何《なに》か見《み》つけたようだ。

「あっ。ヨモギだ。」

そして、あんにゃさは、藪《やぶ》に入《はい》って行《い》った。

「きれいな餅草《もちぐさ》だ。」

わらわをおぶったまま、ヨモギを摘《つ》み始《はじ》めた。

「ぎょーえー、菖蒲《しょうぶ》の次《つぎ》は、ヨモギだと。やめてくれ。臭《くさ》い臭《くさ》い。臭《くさ》いじゃないかー。」

わらわは、ヨモギは、だいだいだーいの苦手《にがて》なのじゃ。

「嫌《いや》な臭《にお》いがするじゃないか。苦《くる》しいじゃないかー。」

わらわが叫《さけ》んでも、あんにゃさは、平気《へいき》な顔《かお》してヨモギを摘《つ》みながらいった。

「あねさは、笹団子《ささだんご》、作《つく》らないのか？このヨモギで、いい笹団子《ささだんご》ができるぞ。」

「ヨモギは、苦手《にがて》なのじゃ。ヨモギを捨《す》ててくれー。ヨモギから離《はな》れてくれー。」

「なにいっているだ。あねさは、笹団子《ささだんご》、食《た》べないのか？　にぎりめしもうんまいが、笹団子《ささだんご》もうんまいぞ。」

「ん？　笹団子《ささだんご》とな？　笹団子《ささだんご》は、にぎりめしより、うんまいのか？」

「あねさは笹団子《ささだんご》、食《た》べたことないのか？」

ああ、わらわが、冬眠《とうみん》の前《まえ》に食《た》べたのは、塩鯖《しおさば》と牛《うし》だったかなあ。米《こめ》のあったかいまんま食《た》べたのも、そういえば何百年《なんびゃくねん》ぶりになるかのう。あんにゃさのにぎりめしは、うんまかったのう。わらわは、笹団子《ささだんご》という食《く》いもんは食《た》べたことないぞ。それは、あんにゃさより、うんまいもんかのう？

あんにゃさも、うまげだがの。あんにゃさがうまいというからには、笹《ささ》団子《だんご》は、あんにゃさより、うんまいもんじゃろうかのう。

「あんにゃさが、笹団子《ささだんご》を作《つく》るのか？」

「いやあ、おらとこのかかさが、作《つく》ってくれる。」

「ふーん。かかさがのう。ヨモギ、臭《くさ》いだろうに？」

「団子《だんご》に入《い》れてこねれば、餅草《もちくさ》は、いい匂《にお》いになる。」

「ヨモギは、苦《にが》いじゃろう？」

「笹団子《ささだんご》は苦《にが》くなんてないぞ。あんこも入《はい》っているから、甘《あま》いぞ。いい味《あじ》になる。ヨモギの入《はい》った餅《もち》の中《なか》にあんこを入《い》れて笹《ささ》の葉《は》で包《つつ》むんじゃ。越後《えちご》のかかさは、みーんな笹団子作《ささだんごづく》りの名人《めいじん》じゃがのう。おらとこのかかさの笹団子《ささだんご》が、一番《いちばん》うまいんじゃ。」

「ふーん。ヨモギがいい匂《にお》いで、いい味《あじ》になる?」

「そうじゃ、そうじゃ。かかさが餅《もち》に入《い》れてこねれば、餅草《もちぐさ》は、いい味《あじ》になるんじゃ。」

「そういうもんかのう・・・。うまいのかのう? わらわもあんにゃさのかかさの作《つく》った笹団子《ささだんご》、食《た》べてみようかの。」

「この先《さき》に、かかさのうちがあるから、寄《よ》ってみるか?」

「おー。みるみる。」

わらわは、笹団子《ささだんご》が食《く》いたくなった。

「よーし。食《く》うぞ、食《く》うぞ。笹団子《ささだんご》。」

「よーし。おれも食《く》うぞ、笹団子《ささだんご》。あねさといっしょに。」

おお、あんにゃさも、いっぱい食《く》ってくれ。

あんにゃさは、またヨモギを摘《つ》んだ。そして、わらわに縛《しば》りつけられている菖蒲《しょうぶ》の上《うえ》にヨモギもくくりつけた。わらわは、ヨモギの臭《にお》いに顔《かお》をしかめて、もっと顔《かお》がくずれた。だいぶ顔《かお》がくずれてきたが、まだ半分《はんぶん》は、あねさの顔《かお》のままだ。

わらわは、あんにゃさの背中《せなか》におぶわれて、あんにゃさのかかさの家《うち》に寄《よ》ることにした。まず、笹団子《ささだんご》を食《く》ってみよう。そして、笹団子《ささだんご》の味《あじ》をみてから、あんにゃさを食《く》ってもいいがの。あんにゃさは、うんまいにぎりめしをたーんと食《た》べてるから、うんまいぞ。うひひ。

そんで、笹団子《ささだんご》がうんまかったら、うんまい笹団子《ささだんご》を食《た》べたあんにゃさは、もっとうんまくなっているぞ。うっひひひー。

あんにゃさ、笹団子《ささだんご》、たーんと食《た》べてくれ。

「食《く》うぞ、食《く》うぞ、笹団子《ささだんご》。」

わらわは、あんにゃさの背中《せなか》におぶわれながらいった。

「食《く》うぞ、食《く》うぞ。かかさの笹団子《ささだんご》。」

あんにゃさも、走《はし》りながらいった。あんにゃさは、にぎりめしも笹団子《ささだんご》も好《す》きなんだな。みーんな、いっぱい食《く》ってくれ。

そして、あんにゃさも、もっともっとうんまくなーれ。うひっひひーだ。

あんにゃさは、わらわと菖蒲《しょうぶ》とヨモギをしょって、風《かぜ》の中《なか》を走《はし》った。風《かぜ》の中《なか》を走《はし》るのは、きもちよかった。

わらわは、菖蒲《しょうぶ》で背中《せなか》が切《き》られたりしなかった。ヨモギの匂《にお》いも気《き》にならなくなってきた。

あんにゃさは、力《ちから》いっぱい走《はし》った。あんにゃさの汗《あせ》が飛《と》んで、風《かぜ》に流《なが》れた。わらわのよだれも、風《かぜ》に流《なが》れた。

かかさの家《うち》が見《み》えてきた。うふふふ。

おしまい

令和四年《れいわよねん》　今年《ことし》の墓参《はかまい》りもリモートで

食うぞあねさの語り

箱庭劇場

出演　　あねさ　　京都人形

　　　　あんにゃさ　　Muggsie made in Korea

語《かた》り台本《だいほん》二十三《にじゅうさん》

かっかー三枚《さんまい》の守《まも》り札《ふだ》の語《かた》り

「かっかー三枚《さんまい》の守《まも》り札《ふだ》の語《かた》り」

https://www.youtube.com/watch?v=1ONjzUECBpo

種本《たねぼん》「三枚《さんまい》のお札《ふだ》」

https://www.youtube.com/watch?v=RleK2ZrlBHo&t=20s

新潟《にいがた》のむかし話《ばなし》２０００年《ねん》「三枚《さんまい》のお札《ふだ》」の伝《つた》えるところによると・・・

花摘《はなつ》みに出《で》かけて道《みち》に迷《まよ》った小僧《こぞう》が、一夜《いちや》の宿《やど》を乞《こ》うた山《やま》の一軒家《いっけんや》のばさ。夜中《よなか》になるとニタニタして、包丁《ほうちょう》を研《と》ぎ出《だ》した。やさしげに見《み》えたが、実《じつ》は、恐《おそ》ろしい人食《ひとく》い山姥《やまんば》だった。逃《に》げようとする小僧《こぞう》をつかまえて、小僧《こぞう》のほっぺたやくりくり頭《あたま》をベロンベロンと舐《な》め出《だ》した。なんとか便所《べんじょ》に逃《のが》れて震《ふる》えている小僧《こぞう》に、せんちの神《かみ》さまは、三枚《さんまい》のお札《ふだ》を与《あた》える・・・

と、なっているのだったが・・・

果《は》たして、三枚《さんまい》のお札《ふだ》は、誰《だれ》に与《あた》えられたものだったのだろうか？

「天下《あまくだ》り　かっかー　鬼婆《おにばば》になっての語《かた》り」の鬼婆《おにばば》が、木《き》のからとに入《はい》って目《め》を閉《と》じてから、はや数百年《すうひゃくねん》の時《とき》が流《なが》れていた。

どっこらしょ。わらわは、木《き》のからとから出《で》た。今《いま》は、なんどきじゃろう、のう。あたりをみまわしても、しーんとしておるぞ。

「小太郎《こたろう》、小太郎《こたろう》ー。」

呼《よ》んでみたが、小太郎《こたろう》は返事《へんじ》をせぬ。やっぱり、わらわが、小太郎《こたろう》を食《た》べてしまったのか、のう。やれやれ。うかつじゃったのう。

わらわは、うれしくなると、すぐ大口《おおぐち》を開《あ》けてしまうのじゃ。

小太郎《こたろう》を食《く》うてしまうとはのう。まあ、わらわの腹《はら》にもどったのだったら、小太郎《こたろう》も、うらんではおるまい。わらわも安心《あんしん》じゃ。小太郎《こたろう》が、わらわの腹《はら》にいるとなればな。

外《そと》はもう、秋《あき》じゃった。わらわは、山《やま》で栗拾《くりひろ》いをした。栗《くり》を煮《に》て食《た》べよう。腹《はら》の中《なか》の小太郎《こたろう》も喜《よろこ》ぶじゃろう。

ゆんべになって、土間《どま》で栗《くり》を鍋《なべ》に入《い》れて煮《に》ていると、

トントン、トントン。

戸《と》を叩《たた》くものがおる。はて、だれじゃろう。

見《み》ると、花束《はなたば》を持《も》った、くりくり頭《あたま》の小僧《こぞう》だった。

「ばさ、花摘《はなつ》みに出《で》て、道《みち》に迷《まよ》うて、日《ひ》がくれてしもた。今晩《こんばん》一晩《ひとばん》、泊《と》めてもらわんねろっか？」

「むむむ？　おまえは、小太郎《こたろう》か？　かっかーのところに帰《かえ》ってきてくれたのか？　ちと、若返《わかがえ》ったようだのう。頭《あたま》もくりくり坊主《ぼうず》にしおって。」

「あーん？　こたろう？　ん？　ん？」

小太郎《こたろう》は変《へん》な顔《かお》をした。

「まあ、あがれ、あがれ。おまえのうちじゃ。」

小太郎《こたろう》はすごすごと入《はい》って来《き》た。

小太郎《こたろう》は、いつ、わらわの腹《はら》から出《で》たのじゃろう、のう。

「どこに、いっておったのじゃ？」

「おら、寺《てら》に預《あず》けられておったのじゃ。きょうは、和尚《おしょう》さまにいいつかって、花摘《はなつ》みじゃ。」

「鯖売《さばう》りはどうなったのじゃ？」

「鯖売《さばう》り？ おら、ずっと寺《てら》で修行《しゅぎょう》じゃ。」

「なに？ 寺《てら》で奉公《ほうこう》しておったのか？ それにしても、よう若返《わかがえ》ったものよ、のう。」

「ばさ、おら、もう寝《ね》かしてくんろ。」

小太郎《こたろう》は、めんどくさそうにいった。

「おお、寝《ね》れ、寝《ね》れ。」

わらわは、小太郎《こたろう》をふとんに追《お》いやった。

それにしても、おかしな子《こ》じゃのう。小太郎《こたろう》は鯖売《さばう》りになって、塩鯖《しおさば》を持《も》って帰《かえ》ってきてくれたのじゃったが、のう。そうじゃ、かくれんぼをしていて、わららの腹《はら》に入《はい》ったのじゃ。そして、また、わらわが寝《ね》ている間《あいだ》に腹《はら》から出《で》て、和尚《おしょう》さまのところに修行《しゅぎょう》にいっていたのか、のう。道《みち》に迷《まよ》うてしもうて、歩《ある》き回《まわ》っておったのだ、かっかーの家《うち》が見《み》つからねかったんだ、のう。帰《かえ》れなくなってなんぎだったのう。かくれんぼのやりすぎじゃ。やっとこすっとこ、帰《かえ》ってこれたのじゃ。よく帰った。でかしたぞ。

小太郎《こたろう》。かっかーの家《うち》で、ゆっくり寝《ね》てくれ。

わらわは、栗《くり》の皮《かわ》むきじゃ。あした、小太郎《こたろう》が、目《め》をさましたら、食《た》べさせてやろうぞ。

おっと、と、と・・・栗《くり》の皮《かわ》むきは、めんどうじゃ。

わらわは不器用《ぶきよう》でのう、う、う、う、うう。

皮《かわ》が硬《かた》いのう。切《き》れない包丁《ほうちょう》じゃあ。わらわは、包丁《ほうちょう》を握《にぎ》る手《て》に力《ちから》を入《い》れた。う、う、う、ううう。

すると、ふすまのむこうでも、ううう、うう。うなり声《ごえ》が聞《き》こえる。

「おにばばじゃ。おっかなーい、おっかなーい。おにばばじゃ。」

小太郎《こたろう》が、ふすまの穴《あな》からのぞいて、ふるえておる。

わらわは、栗《くり》の皮《かわ》むき、めんどうでのう。このときには、どうしても歯《は》をくいしばって、髪《かみ》を振《ふ》り乱《みだ》してしまうのじゃ。それで、わらわは、おっとろしいおにばばの顔《かお》になっているのか、のう。

そのとき、切《き》ろうとした栗《くり》が、すべって飛《と》んだ。

びゅっ！　ビシッ！

「いたたたー。」

あっ、なんと、こともあろうに、栗《くり》は小太郎《こたろう》の額《ひたい》を直撃《ちょくげき》。

「かんべん、かんべん。痛《いた》かったか。栗《くり》が飛《と》んだのう。小太郎《こたろう》、こわかったのか？　かっかーがこわがらせたのか？　こわがらなくてもいいぞ。この包丁《ほうちょう》が切《き》れなくて栗《くり》が飛《と》んだのじゃ。」

わらわは、包丁《ほうちょう》を持《も》ったまま、小太郎《こたろう》の頭《あたま》をなでようと手《て》を伸《の》ばした。

「ひえー。かんべんしてくれ。」

小太郎《こたろう》のからだは、わらわの手《て》が小太郎《こたろう》の頭《あたま》に触《ふ》れる前《まえ》にすっ飛《と》んだ。

「どこに行《い》くんだ。小太郎《こたろう》。」

「便所《べんじょ》じゃあ。」

「待《ま》て、待《ま》て。」

小太郎《こたろう》は、外《そと》のせんちに入《はい》って、しばらく出《で》てこなかった。

「小太郎《こたろう》。まだか。」

「まだ、まだ。」

「小太郎《こたろう》。まだか。」

わらわは、小太郎《こたろう》が迷子《まいご》にならないように、せんちの前《まえ》でしっかりと小太郎《こたろう》を待《ま》った。小《ちい》さい時《とき》には、ひとりでせんちにいくのを怖《こわ》がったものよ、のう。

「小太郎《こたろう》、かっかーがここにおるから、心配《しんぱい》いらないぞ。ゆっくりでいいぞ。」

「いま、出《で》る。」

小太郎《こたろう》は、せんちから出《で》て来《き》て、

「おら、もう帰《かえ》らしてけろ。」

小《ちい》さな声《こえ》でいった。

「小太郎《こたろう》、栗《くり》ごはん食《た》べてから帰《かえ》れ。」

「おら、食《た》べられね。和尚《おしょう》さまが、ばばに食《た》べられるなといいなさったで。」

「そうか。今夜一晩《こんやひとばん》、かっかーと寝《ね》てくれ。」

「おら、もう、ねむたくなくなった。」

そうか。小太郎《こたろう》は、もう赤子《あかご》でないからのう。寺《てら》で修行《しゅぎょう》をしておるのか。よしよし。和尚《おしょう》さまのところで修行《しゅぎょう》の身《み》じゃあ。いつまでもかっかーの家《うち》で休《やす》んでいられんか、のう。修行《しゅぎょう》にもどらねばならぬのか、のう。夜《よ》が明《あ》けるのを待《ま》てというのにかまわず、小太郎《こたろう》は、暗《くら》いうちに家《うち》を出《で》た。いちずな子《こ》よ、のう。さすが、てんじゅく生《う》まれのわらわの子《こ》じゃ。

小太郎《こたろう》の姿《すがた》が夜《よる》の闇《やみ》に消《き》えようとしたとき。

そうだ、お守《まも》りじゃ。

小太郎《こたろう》にお守《まも》りを持《も》たせねば。わらわは、はたと気《き》づいたぞ。

お守《まも》りじゃ、お守《まも》りじゃ。

「待《ま》て、小太郎《こたろう》。」

小太郎《こたろう》の姿《すがた》は、もう見《み》えなくなっていた。

「おーい。待《ま》てー。」

わらわは、せんちの神《かみ》さまの守《まも》り札《ふだ》を握《にぎ》りしめて、小太郎《こたろう》を追《お》いかけた。小太郎《こたろう》は、これから修行《しゅぎょう》じゃ。まだ、あんなに幼《おさな》い子《こ》どもなのにのう。山越《やまこ》え、川越《かわこ》え、命《いのち》がけの修行《しゅぎょう》じゃ。

「おーい。小太郎《こたろう》。せんちの神《かみ》さまのお守《まも》りじゃ。」

これを持《も》っていれば、命《いのち》を落《お》とさずにすむのじゃ。山越《やまこ》え、川越《かわこ》え、せんちに落《お》ちずに、かっかーのところにもどれるのじゃ。

小太郎《こたろう》が赤子《あかご》のとき、わらわは、せんちでふんばった拍子《ひょうし》に、便《べん》つぼの中《なか》におまえを落《お》としてしもうたのじゃ。それを救《すく》い上《あ》げてくれたのが、せんちの神《かみ》さまじゃった。せんちの神《かみ》さまのおかげて、おまえは、かっかーのもとにもどれたのじゃ。それ以来《いらい》、わらわは、毎日《まいにち》、せんちの神《かみ》さまにお礼《れい》を申《もう》し上《あ》げておるぞ。

ある日《ひ》、せんちの神《かみ》さまが出《で》てきなさって、

「このお札《ふだ》をやるすけ、心配《しんぱい》するな。このお札《ふだ》があれば、おまえのこどもは、必《かなら》ず、無事《ぶじ》に帰《かえ》ってくるぞ。」

と、言《い》いなさったんじゃ。

ありがたや、ありがたや。せんちの神《かみ》さまの守《まも》り札《ふだ》じゃあ。

「さあ、小太郎《こたろう》、せんちの神《かみ》さまの守《まも》り札《ふだ》、これを持《も》っていってくれ。」

わらわは、やっと小太郎《こたろう》に追《お》いついた。しかし、小太郎《こたろう》は、振《ふ》り返《かえ》らなかった。

「小太郎《こたろう》、待《ま》つんだ。」

すると、小太郎《こたろう》は、ぶるっと体《からだ》を震《ふる》わせた。小太郎《こたろう》は、叫《さけ》んだ。

「ああ、大山《おおやま》だー。」

突然《とつぜん》、小太郎《こたろう》の目《め》の前《まえ》に、大山《おおやま》がたちふさがった。

わらわは、急《いそ》いで、守《まも》り札《ふだ》を小太郎《こたろう》に投《な》げつけた。

「さあー、小太郎《こたろう》、大山《おおやま》を越《こ》えるのじゃ。」

小太郎《こたろう》は、ワシワシと必死《ひっし》に山《やま》を登《のぼ》った。汗《あせ》みずくになって、山《やま》を越《こ》えて走《はし》った。速《はや》いのなんのって。すごい。すごい。いいぞ。

小太郎《こたろう》、その調子《ちょうし》じゃ。かっこいいのう。さすが、わが息子《むすこ》じゃ。

小太郎《こたろう》は、なおも走《はし》った。わらわも走《はし》った。

そして、しばらくいくと、小太郎《こたろう》は叫《さけ》んだ。

「ああ、大川《おおかわ》だー。」

ゴンゴン、ゴンゴンと大水《おおみず》が出《で》てきて、ゴウゴウ流《なが》れる大川《おおかわ》になって、
小太郎《こたろう》の前《まえ》にたちふさがった。わらわは、急《いそ》いで、守《まも》り札《ふだ》を小太郎《こたろう》に投《な》げつけた。

「さあ、小太郎《こたろう》。大川《おおかわ》を越《こ》えて進《すす》むのじゃ。」

小太郎《こたろう》は、ザブザブザブ、ガボガボガボと、大川《おおかわ》を渡《わた》った。そして、さ

らに懸命《けんめい》に走《はし》った。

おお、おお、その調子《ちょうし》じゃあ。小太郎《こたろう》は強《つよ》い子《こ》じゃのう。小太郎《こたろう》。おまえは、大山《おおやま》を越《こ》え、大川《おおかわ》を越《こ》え、進《すす》んでいくのじゃ。大山《おおやま》にも大川《おおかわ》にも負けぬ強《つよ》い子《こ》じゃ。その調子《ちょうし》じゃ。その調子《ちょうし》で進《すす》んでいけよ。

どんどん、いくのじゃ。どんどん、どんどん。

じゃが、どんどん、調子《ちょうし》づいて、せんちの便《べん》つぼには、落《お》ちるなよ。

わらわは、三枚目《さんまいめ》の守《まも》り札《ふだ》を、小太郎《こたろう》の背中《せなか》に向《む》かって投《な》げた。

守《まも》り札《ふだ》は、小太郎《こたろう》の背中《せなか》に張《は》りついた。

「小太郎《こたろう》、せんちの神《かみ》さまの守《まも》り札《ふだ》を落《お》とすな。せんちに落《お》ちるなー。命《いのち》を落《お》とすでないぞー。せんちの神《かみ》さまの守《まも》り札《ふだ》が、おまえを守《まも》ってくれるぞ。思《おも》いっ切《き》り修行《しゅぎょう》を積《つ》んで、また、かっかーのところに、もどってくるのじゃ。」

「小太郎《こたろう》、元気《げんき》でなー。」

「こたろー、こたろー。」

わらわは、いつまでも小太郎《こたろう》を見送《みおく》っていた。

もう、東《ひがし》の空《そら》が明《あか》らんでいた。

おしまい

令和四年《れいわよねん》　晩秋《ばんしゅう》

かっかー三枚の守り札の語り

箱庭劇場

出演　　ばば　岸正規鳴子こけし

　　　　小僧　Muggsie made in Korea

大山　天童将棋駒　心作

語《かた》り台本《だいほん》二十四《にじゅうよん》

化《ば》け三毛《みけ》にゃー子《こ》の語《かた》り

「化《ば》け三《み》毛《け》にぁー子《こ》の語《かた》り」

https://www.youtube.com/watch?v=OQz7baPCl1Q

種本《たねぼん》「化《ば》け猫《ねこ》退治《たいじ》」

https://www.youtube.com/watch?v=OfSHBY6spHs&t=8s

新潟《にいがた》のむかし話《ばなし》２０００年《ねん》「化《ば》け猫退治《ねこたいじ》」の伝《つた》えるところによると・・

年《とし》とった飼《か》い猫《ねこ》の三毛《みけ》が、村中《むらじゅう》のニワトリをとって食《く》うようになり、困《こま》り果《は》てたばあさん。せがれに、川《かわ》にでも捨《す》てるしかないと相談《そうだん》していた。それを聞《き》いた三毛《みけ》は、ばあさんを食《く》ってばあさんに化《ば》け、家《いえ》に上《あ》がり込《こ》む。気《き》づいたせがれは、村《むら》の衆《しゅう》を集《あつ》めて化《ば》け猫《ねこ》を退治《たいじ》した。

となっているのだったが・・・

果《は》たして、三毛《みけ》は、本当《ほんとう》にソバ畑《ばたけ》を血《ち》で染《そ》めて死《し》んでしまったのだろうか？

おら、生《う》まれた時《とき》から、与作《よさく》んち、ねぐらにしている、三毛《みけ》にぁー子《こ》じゃ、にぁあ。

子猫《こねこ》ん時《とき》、ネズミ、怖《こわ》かったにぁ。ネズミは、走《はし》るの速《はえ》かったども、おら、だんだんネズミ追《お》っかけて、おらがネズミくわえられるようになったにぁ。

捕《と》ったネズミ、見《み》せると、ばあさん、喜《よろこ》んだにぁ。おら、一生懸命《いっしょうけんめい》、ネズミ捕《と》ったにぁ。ネズミ捕《と》り、おもろくなった、にぁ、にぁあ。

おら、走《はし》るの速《はや》くなったなあ。どんどん捕《と》って、食《く》った、にぁ、にぁ。

与作《よさく》んちのネズミ、一匹《いっぴき》もいねなってしもたにぁ。

ばあさん、おらにソバ団子《だんこ》くれたにぁ。

そんなもん、うんももねぇにぁ。おら、腹減《はらへ》ったにぁ。
もっと、うんまいもんが食《く》いたい、にぁ、にぁあ。

おらが寝《ね》ていると、夜明《よあ》けに
ココココ、ココココ、コケコッコー。
うるさいにぁ。おらの朝寝《あさね》、じゃますがんは、どこだ。
ココココ、ココココ。
と、いうとるぞ。あーん。どこだ、どこだ?

ココだというから、行《い》って見《み》たにぁ。ニワトリ小屋《ごや》だ。

このニワトリだにぁ。

コケコッコー。

ニワトリめ。毎朝《まいあさ》、おらの朝寝《あさね》をじゃまするがんは、許《ゆる》さんぞ。

朝《あさ》は、静《しず》かに寝《ね》るもんだ。にぁ、にぁ、にぁーご。

おらがいい聞《き》かせても、ニワトリは聞《き》かね。

ココココ、ココココココ。

黙《だま》れ。にぁーご。おらは、にらみつけたぞ。それでも、

ココココ、ココココ。

いうこと、きかねえ気《き》だな。そんなら、おら、ニワトリ、食《く》いたくなっ

たにぁ。ニワトリは、足二本《あしにほん》でバタバタして、いいあんばいにネズミより逃《に》げるのおっそいにぁ。食《く》うぞ、食《く》うぞ。

ケッコー、ケッコー。

いうすけ、食《く》ってやったにぁ。

そんでネズミより、でっこくて、うんまいにぁ。おら、食《く》った、食《く》ったにぁ。腹《はら》いっぺになったにぁ。

うんまいから、もっともっと食《く》いたくなったにぁ。与作《よさく》んちの、ニワトリ、もっともっと捕《と》ったにぁ。もっともっと食《く》ったにぁ。全部《ぜんぶ》食《く》った。

ああ、うまかった。これで、明日《あす》の朝《あさ》は、ゆっくり寝《ね》ていられるわい。

おらは、すやすや。すやすや。寝《ね》とったぞ。朝《あさ》になっても、すやすや…

ココココ、ココココ、コケコッコー。

なんじゃ、また起《お》こされた。朝《あさ》は、静《しず》かに寝《ね》るもんだ。にぁ、にぁあ。

おらの朝寝《あさね》をじゃまするがんは、どこだ？

与作《よさく》んちのニワトリは、きのう、みんな食《く》ったぞ。どこだ。

ココココココ、ココココココ。

ココだというから、行《い》って見《み》た。となりの家《いえ》じゃ。

隣《となり》のニワトリ小屋《ごや》で鳴《な》いとるぞ。うるさい、静《しず》かにしろ。にぁーご。

おらが、にらみつけても、見向《みむ》きもしない。

ココココ、ココココ。

黙《だま》らんと食《く》うぞ。おらがいうと、

ケッコー、ケッコー。

おお、そうか。それならばと、おらは食《く》ったぞ。

食《く》った。食《く》った。腹《はら》いっぱい食《く》ったぞ。

そんで、毎日《まいにち》、隣《となり》んちも、そのまた隣《となり》んちも、ニワトリ、捕《と》りに行《い》ったにゃあ。おら、腹《はら》いっぺになって、また、食《く》いたくなったにゃあ。

いっぺえ食《く》ったら、おら、あたまよくなったぞ。朝《あさ》、起《お》こされねえように、晩《ばん》げのうちに食《く》っとけば、朝《あさ》、ゆっくり寝《ね》てられっぞ。おらは晩《ばん》げのうちに食《く》うことにした。

そうしてよ、毎晩《まいばん》、村《むら》でニワトリ狩《が》りしていたにゃー。

あるとき、ばあさんが与作《よさく》と話《はなし》してたにゃ。
「三毛《みけ》がニワトリ食《く》うすけ、今《いま》に化《ば》け猫《ねこ》になるぞ、はよ、川《かわ》に捨《す》てねば
なんね。」
おら、ばあさん、おっかね。だども、憎《に》っくくなったにゃ。
おら、ばあさん、食《く》いたくなったにゃ。ばあさん、年《とし》とって杖《つえ》ついて、
三本足《さんほんあし》でよ、ニワトリより逃《に》げるの、おっせえにゃ。
そんで、ケッコーもいわんで、おらこと、にらんだにゃ。
おら、ばあさん、食《く》ったにゃ。ニワトリより、でっこくて、食《く》うのに
三《み》い晩《ばん》かかったにゃ。そんで、うまけりゃいいが、ばあさん、骨《ほね》と皮《かわ》ばっ

かのもんで、ちーともうまかねえ。おらの腹《はら》に入《はい》っても、なんじゃ、まだ動《うご》いとるぞ。

うう、おら、苦《くる》しくなった・・・ううう・・・

にぁ、にぁあ・・・腹《はら》いたくなった。

そんで、もごもごしとると、おらの手《て》と足《あし》も、もぞもぞしてきおったぞ。

なんじゃこれは？ おらの首《くび》も顔《かお》も、もぞもぞしてきおったぞ。

なんじゃ、なんじゃ。なんじゃー。

にあー。

おらが叫《さけ》ぶと、おらは、ばあさんと合体《がったい》して、ばあさんに乗《の》っ取《と》られてしもうたんじゃ。おらは、ばあさんに化《ば》けてしもた。

にあー。あーあー、ああー。

そんで、おら、ばあさんになってしもてにぁ。ばあさんは、おらを入《い》れたまま、らくらくして、うちに帰《かえ》った、にぁ、にぁー、あー。

「与作《よさく》、今《いま》かえった。」

「おお、ばあさん、おつかれだったの。」

「いやあ、なんだか、急《きゅう》に元気《げんき》になったわい。」

「そういえば、ばあさん、背《せ》がのびて、体《からだ》が大《おお》きくなっているの。若返《わかがえ》っているの。どうしたんじゃ。」

「実家《じっか》でごっつぉになったで。」

「そりゃよかったな。」

「ところで、三毛《みけ》にぁー子《こ》の姿《すがた》が見《み》えないが？」

「ああ、ばあさん、でかけるまえに、留守《るす》の間《あいだ》になにかあるといけないから家《うち》のまわりに山芋《やまいも》まいとけといっただろう。そんで、山芋《やまいも》たっぷり、すりおろしてまいたんじゃ。そのあとからかの。三毛《みけ》がいなくなってしもうたんじゃ。」

そうだ、山芋《やまいも》だ。おらは、気《き》がついたぞ。山芋《やまいも》を、ばあさんに食《た》べさせればいいんだ。おらは、ばあさんのからだの中《なか》から、大声《おおごえ》を出《だ》した。

「山芋《やまいも》は、からだにいいからの、おらも山芋《やまいも》食《た》べようかの。」

与作《よさく》は、ドンブリいっぱいの山芋《やまいも》を持《も》ってきた。

「ほい、ばあさん、いっぱい食《た》べれや。」

ばあさんは、もたもたしていたが、おらは、ばあさんの内側《うちがわ》から手《て》を伸《の》ばした。ドンブリをつかんで、一気《いっき》に山芋《やまいも》をばあさんの口《くち》に流《なが》し込《こ》んだ。

「ぎゃあー、かゆい。」

ばあさんは叫《さけ》び出《だ》した。

「かゆかゆかゆー。かゆーい。」

ばあさんの、手《て》も口《くち》も、のども、かゆかゆになった。

かゆかゆかゆー、げぼげぼげぼ・・

ばあさんは、おらを吐《は》き出《だ》した。

「にゃあー。」

「なんだ、三毛《みけ》にゃー子《こ》。おまえは、こんなとこに、いたのか。」
与作《よさく》はおらを見《み》つけていった。
おらは、山芋《やまいも》まみれで、体中《からだじゅう》が、かゆかゆになっていたから、与作《よさく》に
かまわず、川《かわ》に走《はし》った。
　ザブーン。
飛《と》び込《こ》んだ。川《かわ》がおらのからだについた山芋《やまいも》を洗《あら》ってくれた。
　やれやれ。
ところが、岸《きし》に上《あ》がろうとすると、川《かわ》の流《なが》れが急《きゅう》だった。
おらは、どんどん川《かわ》に流《なが》された。
どんぶらこっこ、にゃ、にゃ、にゃ。

どんぶらこっこ、にぁ、にぁ、にぁ。

おらは、ばあさんをやっつけて食《く》ってやったつもりだったけんど、

結局《けっきょく》、ばあさんから、川《かわ》に捨《す》てられてしもうたんじゃ。

にぁー、にぁー、にゃあー。

おしまい

令和五年《れいわごねん》　弥生《やよい》　桜《さくら》が花開《はなひら》こうとする日《ひ》

化け三毛にゃー子の語り

箱庭劇場

出演

ばあさん	ねずみ
与作	Muggsie made in Korea
ニワトリ	手作り鍋つかみ

友情出演

三毛にゃー子	リサラーソン
ネズミ	干支トラ 他

語《かた》り台本《だいほん》二十五《にじゅうご》

ぬっぺらんネズミ経《きょう》の語《かた》り

「ぬっぺらんネズミ経《きょう》の語《かた》り」

https://www.youtube.com/watch?v=9kt4xVNJJvl

種本《たねぼん》「ネズミ経《きょう》」

https://www.youtube.com/watch?v=FdEg3vho48Y

越後《えちご》おとぎ話第四話《ばなしだいよんわ》「ムジナぬっぺらんの語《かた》り」によれば・・・

化《ば》けそこなって顔《かお》を失《うしな》いぬっぺり顔《がお》になった団三郎女房《だんざぶろうにょうぼう》のぬっぺらん。団三郎《だんざぶろう》に嫌《きら》われ、子《こ》どもムジナを連《つ》れて信州信濃《しんしゅうしなの》の里《さと》に帰《かえ》ったが、そこで出会《であ》ったしっぺい太郎《たろう》にひと目《め》ぼれ。しかし、村《むら》の娘《むすめ》を襲《おそ》うぬっぺらんに、しっぺい太郎《たろう》は牙《きば》をむく。しっぺい太郎《たろう》に恋《こい》こがれるぬっぺらんは、越後《えちご》にもどって、顔《かお》の張替《はりか》えのために、毎年《まいとし》の祭《まつ》りごとに、きれいな娘《むすめ》を差《さ》し出《だ》させることにしていた。

今年《ことし》の祭《まつ》り。白木《しらき》のおひつから出《で》て来《き》たのは、娘《むすめ》ではなく、なんとあのしっぺい太郎《たろう》。ぬっぺらん親子《おやこ》は、命《いのち》からがら逃《に》げ出《だ》して、山《やま》の中《なか》のばばさの家《いえ》に転《ころ》がり込《こ》んだ。

一方《いっぽう》、ばばさは、なくなったじじさのために、せめてお経《きょう》を覚《おぼ》えたいと思《おも》って、旅《たび》のにせ坊《ぼう》さんにお経《きょう》を教《おし》えてもらおうとしていた。（新潟《にいがた》のむかし話《ばなし》「ネズミ経《きょう》」参照《さんしょう》）

ここに、前作《ぜんさく》の越後《えちご》おとぎ話《ばなし》「化《ば》け三毛《みけ》にゃー子《こ》の語《かた》り」のにゃー子《こ》も、川《かわ》から上《あ》がって登場《とうじょう》する。

あれからどのくらいの時《とき》が流《なが》れたのだろう。しっぺい太郎《たろう》に噛《か》みつかれたことは覚《おぼ》えている。それでもあたいは、どうやら、まだ生《い》きている。気《き》がつくと、あたりは真《ま》っ暗《くら》だった。ここはどこだろう。

遠《とお》くで声《こえ》が聞《き》こえた。年取《としと》ったばばさのようだ。声《こえ》の方《ほう》に近《ちか》づいてみた。壁《かべ》の穴《あな》から光《ひかり》がさしていた。穴《あな》から外《そと》をのぞいて見《み》た。

すると、いきなり大《おお》きな太《ふと》い声《こえ》が、響《ひび》きわたった。

オンチョロチョロの穴《あな》のぞき〜

あたいは、どぎもを抜《ぬ》かれた。いったい何《なに》がおこっているんだろう。穴《あな》の外《そと》に出《で》てみた。坊《ぼう》さんが、ばばさを従《したが》えて、お経《きょう》をあげていたのだった。

ばばさも、坊《ぼう》さんの後《あと》について、
　オンチョロチョロの穴《あな》のぞき〜
うやうやしく声《こえ》を張《は》り上《あ》げている。
その声《こえ》を聞《きこ》いて、あたいのあとから、子《こ》ネズミが穴《あな》をのぞいた。すると、
　またオンチョロチョロの穴《あな》のぞき〜
坊《ぼう》さんが大声《おおごえ》で唱《とな》えた。子《こ》ネズミは、なんだろうと穴《あな》から出《で》てきた。
ばばさは、あたいたちを見《み》つけると、
「おやおや、かわいいネズミさんたちだね。」
と、にっこりした。

そうだ、あたいと、子《こ》どもムジナは、しっぺい太郎《たろう》に噛《か》みつかれて、ネズミに姿《すがた》をかえたのじゃった。あたいの子《こ》どもムジナは、子《こ》ネズミになって、あたいは、ムジナぬっぺらんから、のっぺらぼーぬっぺり顔《がお》の母親《ははおや》ネズミになっていたのじゃった。

子《こ》ネズミは、ネズミになったあたいに、

「おかか、おかか、おかか。」

と、まつわりついてきた。

「おお、おお、ぶじだったの。いかった。いかった。」

姿《すがた》がネズミになっても、おかかのことがわかるのじゃった。あたいと、

子《こ》ネズミが喜《よろこ》びあっていると、

何《なに》やら話《はなし》を申《もう》されそうろ〜

坊《ぼう》さんは、重々《おもおも》しく唱《とな》えた。あたいの子《こ》ネズミは、坊《ぼう》さんの声《こえ》にびっくりして、穴《あな》の中《なか》に逃《に》げ帰《かえ》った。すると坊《ぼう》さんは、

そのまま、あとへと帰《かえ》られそうろ〜

さらに重々《おもおも》しく唱《とな》えた。なんじゃ、くそ坊主《ぼうず》めと思《おも》ったが、あたいも、子《こ》ネズミを追《お》って穴《あな》に戻《もど》った。

あとの一《いっ》ぴきも帰《かえ》られそうろ〜

追《お》いかけるように坊《ぼう》さんの声《こえ》が響《ひび》いた。ばばさも唱《とな》えた。

あとの一《いっ》ぴきも帰《かえ》られそうろ〜

ばばさの声《こえ》は、やさしかった。ばばさの唱《とな》える声《こえ》を聞《き》きながら、この壁《かべ》の穴《あな》の中《なか》が、あたいと子《こ》どもネズミの新《あたら》しい住《す》みかになるのだと思《おも》った。

その日《ひ》から、山《やま》の中《なか》の一軒家《いっけんや》のばばさの家《いえ》で、あたいたちの暮《く》らしが始《はじ》まった。ネズミの暮《く》らしが。

一人暮《ひとりぐ》らしのばばさは、ときどき、あたいたちに野菜《やさい》の切《き》れ端《はし》を投《な》げてよこしたりした。あたいと子《こ》ネズミは、野原《のはら》でエサも探《さが》した。

ばばさは、あたいたちが家《いえ》の中《なか》を駆《か》けまわっても、うるさがるふうはなかった。

「おやおや、にぎやかだね。」

と、にこにこしていた。ばばさは、つれあいのじじさをなくしたばかりで、寂《さび》しかったのだろう。あたいたちが壁《かべ》の穴《あな》から顔《かお》を出《だ》すと、

「おや、こんにちは。ネズミさん。」

と、声《こえ》をかけてくれた。そして、

オンチョロチョロの穴《あな》のぞき〜

お経《きょう》を唱《とな》え始《はじ》めるのだった。

ばばさは、朝《あさ》に晩《ばん》に、日《ひ》に何度《なんど》もお経《きょう》を唱《とな》えていた。ばばさが仏壇《ぶつだん》のまえでお経《きょう》を始《はじ》めると、その声《こえ》に誘《さそ》われて、あたいは、穴《あな》から顔《かお》をのぞかせたくなるのだった。あたいは、ばばさの声《こえ》を聞《き》くと楽《たの》しくなる。ポクポクと木魚《もくぎょ》がなると踊《おど》り出《だ》したくなる。

またオンチョロチョロの穴《あな》のぞき～
木魚《もくぎょ》の音《おと》に誘《さそ》われて、子《こ》どもらも出《で》て来《き》て、踊《おど》り始《はじ》める。
あたいと子《こ》ネズミが、
「楽《たの》しいね おもしろいね。」
とおしゃべりしていると、
何《なに》やら話《はなし》を申《もう》されそうろう～
ばばさのお経《きょう》は、続《つづ》いた。
そして、あたいたちの踊《おど》りとおしゃべりがひとしきりすると、
そのまま、あとに帰《かえ》られそうろう～
となって、あたいは穴《あな》にもどる。

みんなあとに帰《かえ》られそうろう～

で、子《こ》どもらも穴《あな》にもどるのだった。

あるとき、山《やま》の一軒家《いっけんや》のばばさの家《いえ》に、捨《す》て猫《ねこ》にゃあ一子《こ》がやってきた。飼《か》い主《ぬし》のばあさんに川《かわ》に捨《す》てられ、ようやく川《かわ》からはい上《あ》がったものの、もう、よれよれになっていた。

捨《す》て猫《ねこ》にゃ一子《こ》が、ばばさの家《いえ》の障子《しょうじ》の穴《あな》をのぞいたときも、ばばさは、お経《きょう》を唱《とな》えていた。

オンチョロチョロの穴《あな》のぞき～

その声《こえ》で、捨《す》て猫《ねこ》にゃ一子《こ》は、自分《じぶん》がとがめられたと思《おも》った。ぎくりとして、逃《に》げ出《だ》そうとした。だが、そのとき、あたいの子《こ》ネズミたちが壁《かべ》の穴《あな》から、チョロチョロ部屋《へや》に出《で》てきたのだ。チュウ、チュウ、チュウと可愛《かわい》げな声《こえ》が聞《き》こえたものだから、捨《す》て猫《ねこ》にゃー子《こ》は、ふりかえって、家《いえ》の中《なか》を見《み》た。

またオンチョロチョロの穴《あな》のぞき〜

ばばさが唱《とな》えると、捨《す》て猫《ねこ》にゃー子《こ》は、やっぱり自分《じぶん》がおこられたと思《おも》って、ぎょっと立《た》ちすくんだ。

家《いえ》の中《なか》では、子《こ》ネズミたちが、いつものように踊《おど》り出《だ》していた。ばばさは、木魚《もくぎょ》をたたいて、いい調子《ちょうし》。

ちゅうちゅう　ポクポク

ちゅうちゅう　ポクポク
ちゅう　ポクポク

すると、捨《す》て猫《ねこ》にゃー子《こ》も、なんじゃ、なんじゃと浮《う》かれ出《だ》した。調子《ちょうし》にのって、いつの間《ま》にか、家《いえ》に上《あ》がり込んで、踊《おど》り出《だ》していた。

にゃあにゃあ　ポクポク
にゃあにゃあ　ポクポク
にゃあ　ポクポク

すっかり子《こ》ネズミの仲間《なかま》になっている。うまい、うまい。

ひとしきり踊《おど》ったあとに、

「おまえは、どこから来《き》たんじゃ？」

あたいは、捨《す》て猫《ねこ》にゃー子《こ》にきいてみた。

「おら、与作《よさく》んちのばあさんに追《お》い出《だ》されたんじゃ。」

どおりで、よれよれのかっこうじゃ。

何《なに》やら話《はなし》を申《もう》されそうろう〜

ばばさは、お経《きょう》を唱《とな》えながらも、捨《す》て猫《ねこ》にゃー子《こ》のことが気《き》になった
らしい。

そのまま、あとに帰《かえ》られそうろう〜

で、あたいたちネズミ親子《おやこ》が穴《あな》に帰《かえ》ったあと、ばばさは、捨《す》て猫《ねこ》にゃー
子《こ》に話《はなし》をしていた。

「おまえ、帰《かえ》るうちがないなら、ばばんちの猫《ねこ》になるか？」

「うん。なる、なる。ばばんちの猫《ねこ》になる。おら、今《いま》まで、さんざんぱら、ネズミやらニワトリやら食《く》うてきたから、もうなんにもいらね。ネズミも捕《と》らねども、ここにおいてくろ。」

それで、捨《す》て猫《ねこ》にゃー子《こ》は、ばばんちの飼《か》い猫《ねこ》にゃー子《こ》になった。飼《か》い猫《ねこ》にゃー子《こ》は、あたいやあたいの子《こ》ネズミを捕《と》って食《た》べようとはしなかった。なんにも食《た》べね、といっていたが、ばばさは、

「ほーれ、にゃー子《こ》、ネズミ餅《もち》だ。」

といって、庭《にわ》のネズミモチの実《み》をにゃー子《こ》にあげていた。ネズミ餅《もち》を食《た》べ始《はじ》めると、よれよれだった捨《す》て猫《ねこ》にゃー子《こ》の毛《け》は、つやつやとしたきれいな三毛《みけ》になってきた。

そして、あたいたちの踊《おど》りチームに、三毛猫《みけねこ》にゃー子《こ》も加《くわ》わった。

ちゅうちゅう　ポクポク　ちゅう　ポクポク

にゃあにゃあ　ポクポク　にゃあ　ポクポク

毎日《まいにち》、ばばさのネズミ経《きょう》にあわせて、あたいたちネズミ親子《おやこ》と三毛猫《みけねこ》にゃー子《こ》チームは、楽《たの》しく踊《おど》り暮《く》した。

おかげで、ばばさは、すっかり元気《げんき》になって若返《わかがえ》ってきた。仏壇《ぶつだん》の中《なか》でじじさもたまげているだろう。

気《き》がつくと、ネズミになっても、のっぺらぼーの、ぬっぺりだったあた

いの顔《かお》は、また、いつのまにか、目鼻口《めはなくち》がもどってきていた。踊《おど》れば踊《おど》るほど、くっきりとした目鼻《めはな》だちになり、あたいは、とうとうネズミ美人《びじん》になっていた。

きょうも、あしたも、あさっても、ネズミ経《きょう》でネズミ踊《おど》りだ。
みんなで踊《おど》ろう。
そーれ、ポクポク　ポクポク
ルルルル　ルルルル
ルルルルルルルル・・・
オンチョロチョロの穴《あな》のぞき～

ちゅうちゅう　ポクポク　ちゅう　ポクポク
またオンチョロチョロの穴《あな》のぞき～
にゃあにゃあ　ポクポク　にゃあ　ポクポク
ルルルル　ルルルル
ルルルルルルルル・・・
何《なに》やら話《はなし》を申《もう》されそうろう～
ちゅう　ポク　ちゅう　ポク
にゃあにゃあ　ポクポク　にゃあ　ポクポク
ルルルル　ルルルル
ルルルルルルルル・・・

そのまま、あとに帰《かえ》られそうろう〜
ちゅうちゅう　ポクポク　ちゅう　ポクポク
みんなであとに帰《かえ》られそうろう〜
にゃあにゃあ　ポクポク　にゃあ　ポクポク
ルルルル　ルルルル
ルルルルルルル・・・

旅《たび》の坊《ぼう》さんの授《さず》けてくれたネズミ経《きょう》。
ありがたや、ネズミ経《きょう》・・・チーン。

おしまい

令和五年《れいわごねん》　水無月《みなづき》

しっぺい太郎《たろう》は去《さ》ったが、ストロベリームーン《六月四日の満月》は見《み》ていた

ぬっぺらんネズミ経の語り

箱庭劇場

出演

ぬっぺらん　飛騨さるぼぼ

子ネズミ　沖縄シーサー

坊さん　Muggsie made in Korea

ばばさ　干支ねずみ

友情出演

にゃー子　リサラーソン

語《かた》り台本《だいほん》二十六《にじゅうろく》

屁《へ》っこき息子《むすこ》ププー太《た》の語《かた》り

「屁《へ》っこき息子《むすこ》プブー太《た》の語《かた》り」

https://www.youtube.com/watch?v=tKhBlU7zHuw

種本《たねぼん》「屁《へ》っこき嫁《よめ》さ」

https://www.youtube.com/watch?v=gldGflGtdi8

おらはプブー太《た》じゃ。おらのかかさは、おらがプブーと屁《へ》をこけば、おらの言《い》いたいことは、みんなわかってくれるのじゃ。かかさは、へっこきよめさまとよばれておるがのう。聞《き》いたことあるじゃろ。「屁《へ》っこき嫁《よめ》さ」の話《はなし》。おらは、ばさから聞《き》かされてた。

かかさは、嫁《よめ》に来《き》て、屁《へ》を我慢《がまん》してたら、顔色《かおいろ》が青《あお》うなってきてしもうたんじゃと。しゅうとめばさに遠慮《えんりょ》するなといわれて、たまっていた屁《へ》をこいたんじゃ。そしたら、その屁《へ》の風《かぜ》で、しゅうとめばさが吹《ふ》っ飛《と》ばされて、大《おお》けがになったんじゃ。ととさが怒《おこ》って、かかさを里《さと》に返《かえ》しにいったんだども、そのみちすがら、屁《へ》の力《ちから》が役《やく》に立《た》つことがわかって、家《いえ》に戻《もど》ってきた。そして、こんだ、らくらくと屁《へ》をこける小屋《こや》を作《つく》ってもらったんだと。

かかさの屁《へ》の風《かぜ》で、柿《かき》もぎも楽《らく》にできるし、浅瀬《あさせ》に乗《の》り上《あ》げた船《ふね》も動《うご》くし、畑《はたけ》の大根《だいこん》とりも手《て》よごさんでできるし、うちは、だんだん金《かね》もたまってきたんじゃ。うちのもんはおうように暮《く》らしておったてんがの。

かかさは、長《なが》い着物《きもの》きて、いっつも、ふあふあーとしてたと。そのうち、かかさの顔《かお》がしもぶくれになってきおってのう。ばさがいうたそうじゃ。

「よめや、おまえ、また屁《へ》をがまんしてないか。顔《かお》が少《すこ》し、ふくらんで青《あお》うなってないか?」

「うん、おら、なんだが腹《はら》もふくれて重《おも》うなってきた。」

「無理《むり》するなや。遠慮《えんりょ》しねえで、屁《へ》こけや。」

「うん、じゃあ、ばさま、おら屁《へ》こかしてもらうすけ、わーりろも、そこの石臼《いしうす》にしっかりつかまっていてくんろ。」

ほして、かかさ、ブブ、ブブブ、ブーッて、屁《へ》こいたと。ほうしたら、その屁《へ》の風《かぜ》が、ものすごくでっこいんだ。ばさは、つかまった石臼《いしうす》といっしょに、ふあふあふあーと、ととさの畑《はたけ》まで飛《と》ばされた。

「どうしたんじゃ、ばさま。久《ひさ》しぶりに飛《と》んだのう。」

「おう。いいあんばいに、飛《と》ばしてもろた。おまえも、そろそろ仕事《しごと》しまいにして家《いえ》に帰《かえ》るか。」

と、ばさがいったときに、かかさが、息《いき》をスーッと吸《す》い込《こ》んだんで、その

風《かぜ》にのって、ととさも、ばさといっしょに石臼《いしうす》に乗《の》って、ストーンと家《いえ》に戻《もど》ってきたんじゃと。すると、そのとき、

ブブ、ブブブ、ブーッ。

かかさが、また超特大《ちょうとくだい》のでっこい屁《へ》、こいたんじゃ。

ととさとばさが、驚《おどろ》いたのなんのって。聞《き》いたこともない、超特大《ちょうとくだい》っぺだったんだと。そしてその屁《へ》の風《かぜ》にのって、かかさの腹《はら》の中《なか》から、赤子《あかご》がとび出《で》て来《き》たんじゃ。

ふんぎゃ、プップププー。ふんぎゃ、プップププー。

「おお、おお、赤子《あかご》なのに、こりゃまた、りっぱな屁《へ》じゃ。」

赤子《あかご》は屁《へ》をこきながら生《う》まれてきた。ばさは腰《こし》をぬかしたと。ととさは、

「おう、この屁《へ》で、またこって、かせいでくれるりゃ。」
と大喜《おおよろこ》びじゃったと。
それが、おらだ。へっこきがうまくなるように、おらの名前《なまえ》は、プブー
太《た》になった。

かかさが乳《ちち》を飲《の》ませてくれると
プップププー、プップププー。
しめが汚《よご》れると、
ブッ、ブーッ。ブッ、ブーッ。
おらが、屁《へ》を鳴《な》らすたびに、うちのもんは大喜《おおよろこ》びした。

「さすが、プブー太《た》じゃ。日本一《にっぽんいち》のへこきになるぞ。」

ととさも、おおいばりじゃった。

おらは大《おお》きくなった。おらは、生《う》まれたときから、屁《へ》を鳴《な》らしているから、口《くち》は食《た》べるときだけ使《つか》って、話《はなし》は、みんな屁《へ》で用《よう》をたしていた。

かかさが

「プブー太《た》や。まんま食《た》べるか?」

プップププー、プップププー。

おらは、腹《はら》いっぱい、まんま、食《く》った。

「プブー太《た》や。水《みず》くみしてくろ。」

ブッ、ブーッ。ブッ、ブーッ。

おらは、水《みず》くみしないで、遊《あそ》びに行《い》った。

ともだちが、

「プブー太《た》や。かくれんぼするか?」

プッププブー、プッププブー。

おらは、かくれんぼ、大好《だいす》きじゃ。

「プブー太《た》や。今度《こんど》は、おまえが鬼《おに》じゃ。」

ブッ、ブーッ。ブッ、ブーッ。

おらは、鬼《おに》は大嫌《だいきら》いじゃ。鬼《おに》にならないで、家《いえ》に帰《かえ》った。

おらは、プッププブーとブッ、ブーッのプブー太《た》やった。おらは、プップププーとブッ、ブーッと屁《へ》は鳴《な》らせるが、屁《へ》の風《かぜ》はたいして吹《ふ》かなかった。

あるとき、おらが一人《ひとり》で留守番《るすばん》していると、

トントン、トントン。

だれか、来《き》たようじゃ。出《で》てみると、娘《むすめ》っ子《こ》が立《た》っていた。

「へっこきよめさまのお宅《たく》は、こちらですか?」

プップププー、プップププー（うん、ここだよ。ずいぶん大《おお》きな娘《むすめ》っ子《こ》じゃ）プップ。

「お会《あ》いしたいのですが?」

プップププー（ああ、いいよ。よくみれば、きれいな、娘《むすめ》っ子《こ》じゃ）

プップ。

「今《いま》、お仕事《しごと》ですか？」

プップププー（買《か》い物《もの》じゃ。みればみるほど、かわいいげな顔《かお》だ）

プップププー（それに、声《こえ》もきれいだ）プップ。

「おまえは、プーしかいえないのか？」

娘《むすめ》っ子《こ》は、怒《おこ》っていた。おらは、

ブッ、ブーッ。プップププー。

「プーだけじゃないぞ。ブーも鳴《な》らせるぞ。おらは、プップププーとブッ、ブーッのプブー太《た》や。」

と、言《い》ったつもりだったども、おらの屁《へ》は、
ブッ、ブーッ。プッププー。
と鳴《な》るだけだった。
「ははあ。おまえは、へっこきよめさまのむすこのプブー太《た》だな。年《とし》は
いくつじゃ？」
プー、プー、プー、プー・・
おらは、「今年《ことし》で、十三《じゅうさん》になる」というつもりで、プー、プー、プー、プー、
プー・・を十三回《じゅうさんかい》鳴《な》らしている途中《とちゅう》、娘《むすめ》っ子《こ》は口《くち》をはさんだ。
「プーとかブーじゃなくて、ちゃんと話《はな》してくろ。」
ブッ、ブーッ（かかさなら、プーとブーで、全部《ぜんぶ》わかってくれるんじゃ）

ブッ、プー、ブー。

娘《むすめ》っ子《こ》は、おらの屁《へ》のプーに、ますます頭《あたま》にきたようだった。

声《こえ》を強《つよ》めて言《い》った。

「おらは、へっこきよめさまのところに、へっこき修行《しゅぎょう》にきたんじゃ。

よめさまは、いつお帰《かえ》りじゃ？」

ブッ（おら、しらね）ブーッ。


ちょうど、そこへ、かかさが帰《かえ》って来《き》た。

「ププー太《た》、今《いま》、帰《かえ》った。」

プップププー（やれやれ、かかさのお帰《かえ》りじゃ）プップ。

娘《むすめ》っ子《こ》が前《まえ》に進《すす》み出《で》た。

「へっこきよめさま。おらはとなり村《むら》から来《き》た、うし子《こ》でございます。おらのととさが、申《もう》しました。『うし子《こ》、おまえは大《おお》めしぐらいで、体《からだ》は大《おお》きくなった。これからは、めしを食《く》った分《ぶん》、稼《かせ》がねばのう。このままでは、ととの稼《かせ》ぎだけでは、大《おお》めしぐらいのおまえを満足《まんぞく》に食《た》べさせてやれぬ。おまえほどの体《からだ》ともなれば、屁《へ》もでっこくて力《ちから》があろう。どうじゃ、へっこきよめさまのところに弟子《でし》入《い》りして、へっこきの修行《しゅぎょう》をしてくるのじゃ。へっこき風《かぜ》ができるようになれば、野良仕事《のらしごと》が楽《らく》になって、食《た》べることも心配《しんぱい》いらぬ。おまえは遠慮《えんりょ》しないで好《す》きなだけ食《た》べられるようになるのじゃ。』そういうわけで、どうか、へっこきよめさま。よめさま秘伝《ひでん》のへっこき術《じゅつ》をおらにお授《さず》けください。」

と頭《あたま》を下《さ》げた。

かかさは、驚《おどろ》いていた。

「屁《へ》っこき術《じゅつ》といってものう。ただ、屁《へ》をこいているだけじゃがのう。」

「おらは、あんまり大食《おおぐ》いなもんで、家《いえ》を出《だ》されました。どうか、よめさまのうちで使《つか》こうてくださいませ。」

と、娘《むすめ》っ子《こ》は、最後《さいご》は涙《なみだ》ながらに頼《たの》んだ。

プッププブー、プッププブー（おらんちに、手伝《てつだ》いがくるぞ。おら、水《みず》くみしないでいいぞ、いいぞ）プッププ。

そうして、うし子《こ》は、小屋《こや》に住《す》み込《こ》むことになった。

二三日《にさんにち》して、家《いえ》の手伝《てつだ》いの合間《あいま》に、ととさが言《い》った。

「よし、うし子《こ》とプブー太《た》のへっこき合戦《がっせん》をするぞ。」

かかさが、言《い》った。

「うし子《こ》。屁《へ》こいてみ。」

うし子《こ》は、

「へえ。」

と言《い》って、ポコン　とこいた。

すると、庭《にわ》の松《まつ》の木《き》が揺《ゆ》れた。

「うし子《こ》。なかなかやるの。うし子《こ》の屁《へ》の風《かぜ》は強《つよ》くなりそうじゃの。」

かかさは、感心《かんしん》して言《い》った。そして、こんどは、

「プブー太《た》。こいてみ。」

おらは、プップププー、プップププー　とこいた。

すると、木《き》にとまっていたふくろうが、
昼寝《ひるね》から目《め》を覚《さ》まして、フフフと笑《わら》った。

「プブー太《た》もなかなかやるの。プブー太《た》の屁《へ》の風《かぜ》は弱《よわ》いども、
おもしろい、へっこき歌《うた》のようじゃのう。」

と、かかさも笑《わら》った。うし子《こ》も笑《わら》った。ととさは言《い》った。

「うし子《こ》の屁《へ》の風《かぜ》は役《やく》に立《た》ちそうじゃの。じゃが、プブー太《た》の屁《へ》では、

野良仕事《のらしごと》では使《つか》いもんにならんぞ。」

ブッ、ブーッ。

おらは、なさけなくて、屁《へ》だけでなく、涙《なみだ》が出《で》てきた。

しばらくすると、ととさは言《い》った。

「うし子《こ》は、おらんちのかかさのとこに、へっこき風《かぜ》の修行《しゅぎょう》にきているから、プブー太《た》、お前《まえ》は、へっこき風《かぜ》はうし子《こ》に任《まか》せて、これから、へっこき歌《うた》うたいになったらどうじゃ。」

「そうじゃ。プブー太《た》は、へっこき歌《うた》うたいがいいかもしれんのう。」

と、かかさも言《い》った。

ととさが言《い》った。

「この山《やま》を越《こ》えた村《むら》に住《す》んでいる屁《へ》ふりじさまの屁《へ》ふり歌《うた》は、それはそれは、みごとなものだそうじゃ。お殿《との》さまも、たいそう感心《かんしん》されて、ほうびをたくさんくだされたそうじゃ。どうだ、どうだ。プブー太《た》。おまえはこれから、修行《しゅぎょう》をして、日本一《にっぽんいち》のへっこき歌《うた》うたいになるのじゃ。」

プップププー（うん。なるほど）ププー。

おらは、涙《なみだ》をふいて、決《き》めた。

プップププー、プッププププー（おらは、へっこき歌《うた》うたいになる。修行《しゅぎょう》に行《い》くぞ）ププー。

「よし、決《き》まった。プブー太《た》はへっこき歌《うた》うたいになるのじゃ。修行《しゅぎょう》に出《で》るのじゃ。さあ、さっそく、屁《へ》ふりじさまに弟子《でし》入《い》りじゃ。屁《へ》ふりじさまのところに行《い》くのじゃ。覚悟《かくご》はいいか。飛《と》ばしてやるぞ。」

かかさは、大《おお》きく息《いき》を吸《す》い込《こ》んだ。そして、力《ちから》いっぱい、ブブ、ブブブ、ブーッて、屁《へ》こいた。

おらは、かかさの屁《へ》の風《かぜ》に飛《と》ばされて、家《いえ》をあとにした。風《かぜ》にのって下《した》をみると、ととさと、かかさと、うし子《こ》が手《て》を振《ふ》っていた。

プップププー（がんばるぞー）

ププー。

かかさの屁《へ》の風《かぜ》に飛《と》ばされながら、おらも大《おお》きく

手《て》を振《ふ》った。

おらは、日本一《にっぽんいち》のへっこき歌《うた》うたいになって帰《かえ》ってくるぞ。

ププププー（おらは、がんばるぞ）ププー。

ととさと、かかさと、うし子《こ》が、小《ちい》さくなって

見《み》えなくなった。

山《やま》を越《こ》えた。

屁《へ》ふりじさまの家《いえ》はどこだ・・・

おしまい

令和五年《れいわごねん》　穂実る月《ほみのつき》　大雨《おおあめ》のあと

屁っこき息子プブー太の語り

箱庭劇場

出演

プブー太　Muggsie made in Korea

かかさ　ラブラドールレトリバーYOSHITOKU

ととさ　飛騨さるぼぼ

ばばさ　干支ねずみ

うし子　鳴子こけし

語《かた》り台本《だいほん》二十七《にじゅうしち》

天人《てんにん》ばば見《み》てよの夢語《ゆめがた》り

「天人《てんにん》ばば見《み》てよの夢語《ゆめがた》り」

https://www.youtube.com/watch?v=NNXmwMRY2V8

種本《たねぼん》　「見《み》るなの花倉《はなぐら》」

https://www.youtube.com/watch?v=E2JMkQsGkWM&t=138s

わらわは、昔《むかし》は、天人女房《てんにんにょうぼう》とよばれておったものじゃがのう。今《いま》じゃ、天人《てんにん》ばばじゃ。小太郎《こたろう》に会《あ》えぬまま、一人《ひとり》、山《やま》の岩屋《いわや》で暮《く》らしておったぞ。小太郎《こたろう》が家《いえ》を出《で》てから何百年《なんびゃくねん》たったのかのう。この頃《ごろ》は、わらわの岩屋《いわや》の近《ちか》くまでやって来《く》る旅《たび》のもんも、おらんようになってしもうてのう。食《た》べる物《もの》にも、ことかくありさまじゃ。

そんな折《おり》、神《かみ》さまの巫女《みこ》をしておったネコミーコが社《やしろ》の門番《もんばん》に追《お》い出《だ》されて、わらわの岩屋《いわや》に迷《まよ》いこんできおったのじゃ。ミーコはかわいげで賢《かしこ》いネコじゃ。わらわのいい話相手《はなしあいて》になったし、なにより、ミーコは、わらわに食《た》べ物《もの》も運《はこ》んできてくれるのじゃよ。

ある嵐《あらし》の晩《ばん》のことじゃ。だれか来《き》たようだとミーコが見《み》に行《い》った。

戸口《とぐち》の前《まえ》に立《た》っていたのは、ずぶ濡《ぬ》れになったあんにゃさだった。

「おら、村《むら》の木《き》こりだども、この大風《おおかぜ》と大雨《おおあめ》で、どうにもこうにも、家《いえ》に帰《かえ》られんようになってしもた。今夜一晩《こんやひとばん》、泊《と》めてもらわんねろか?」

ミーコの目《め》がキラキラ光《ひか》った。

「ばばさま、客人《きゃくじん》でミャーオ。」

わらわは言《い》った。

「おお、大変《たいへん》な目《め》にあわれましたな、木《き》こりさん。どうぞ、どうぞ。こんなところでよかったら、ゆっくりお泊《と》まりなされ。」

ミーコに導《みちび》かれて、木《き》こりは岩屋《いわや》の奥《おく》に入《はい》って休《やす》んだ。

翌朝《よくあさ》、風《かぜ》と雨《あめ》は止《や》んでいた。ところが、嵐《あらし》のあとの山々《やまやま》は、木々《きぎ》が倒《たお》され、地崩《じくず》れがあったり、大水《おおみず》が出《で》て川《かわ》があふれて橋《はし》が流《なが》されたりと、あたりは様変《さまが》わりしておったのじゃ。

近《ちか》くを見《み》てまわって、ミーコは言《い》った。

「木《き》こりさん。これは、村《むら》に帰《かえ》るのは難《むずか》しそうじゃ、ミャーオ。しばらく、ここで様子《ようす》をみなされ。」

ミーコは木《き》の実《み》を集《あつ》めてきて、木《き》こりの前《まえ》に置《お》いた。

「橋《はし》が流《なが》されたのではのう。今《いま》、帰《かえ》るのは危《あぶ》ないのう。遠慮《えんりょ》せずに、ここで休《やす》んでおりなされ。」

わらわも、にっこりして、木《き》こりに言《い》った。

木《き》こりは、おずおずとして、それでも木《き》の実《み》を食《た》べ始《はじ》めた。

しばらくすると、木《き》こりは、うとうとし始《はじ》めた。

わらわとミーコは、思《おも》わず顔《かお》を見合《みあ》わせて、にんまりしたぞ。

「さあ、ミーコ。木《き》こりに、ゆっくり見《み》せてやるのじゃ。冬《ふゆ》になるまで、夢《ゆめ》を見続《みつづ》けてもらうのじゃ。」

「ミャーオ、ばばさま。かしこまりました。正月《しょうがつ》に食《た》べごろになるように、いい夢《ゆめ》を見《み》せてやりましょう。ミャオ、ミャオ。」

ミーコは、久《ひさ》しぶりの客人《きゃくじん》に、はしゃいでいた。

神《かみ》さまの巫女《みこ》をしていただけのことはあって（越後《えちご》おとぎ話《ばなし》第十話《だいじゅうわ》「ネコ巫女《みこ》ミーコの語《かた》り」参照《さんしょう》）、ミーコは、夢見《ゆめみ》の案内《あんない》は得意中《とくいちゅう》の得意《とくい》

なのじゃ。
いい夢《ゆめ》を見《み》せてやると、木《き》こりはいい味《あじ》になるじゃろう。わらわは、もう、よだれがあふれてきていた。

木《き》こりは、ぐっすり寝《ね》入《い》っていた。

「木《き》こりさん、ようこそ、おいでなさいました、ミャーオ。ここは、てんじゅく夢見《ゆめみ》の間《ま》でございます。てんじゅく国《こく》の楽《たの》しさを、たっぷりとご覧《らん》なさいませ、ミャーア。」

ミーコは木《き》こりの眠《ねむ》りに入《はい》りこんで、張《は》り切《き》って案内《あんない》を始《はじ》めたぞ。

「まず、はじめは、てんじゅくネズミの登場《とうじょう》、ミャオ。」

てんじゅくネズミは、温泉《おんせん》につかってゆっくり泳《およ》いでいたのじゃ。ふっくらとしたてんじゅくネズミの体《からだ》は温泉《おんせん》で泳《およ》げば泳《およ》ぐほど、ふっくらとしてくるのじゃ。みるみるうちにウシほどの大《おお》きさにふくらんできた。すると、見《み》ていた木《き》こりも手足《てあし》を動《うご》かし泳《およ》ぎ始《はじ》めたぞ。

ふふふ、楽《たの》しげだの。泳《およ》げ泳《およ》げ。木《き》こりの体《からだ》もふっくらしてくるぞ。

ふっくら、柔《やわ》らか・・うまげだのう・・・

「次《つぎ》なるは、ウシモーモー、ご覧《らん》あれー。

ミャーオ。」

ミーコは、広《ひろ》い野原《のはら》に木《き》こりを案内《あんない》した。

そこでは、ウシモーモーがのんびり草《くさ》を食《は》んでいた。

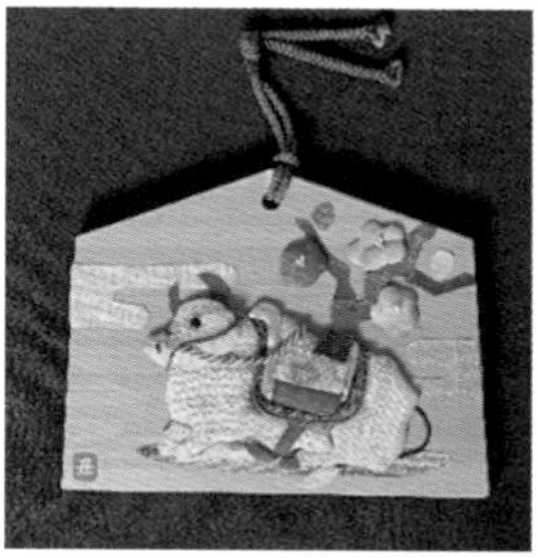

木《き》こりは、ウシモーモーを見《み》ているうちに、いっしょに口《くち》をもぐもぐし始《はじ》めたぞ。てんじゅくの草《くさ》を食《は》めば、病気《びょうき》にならずに、いつまでも年《とし》をとらないのじゃ。

ふふふ、いつまでも若《わか》い体《からだ》のままになるのじゃよ。よーく噛《か》めよ、木《き》こりさん。

「さあて、三番手《さんばんて》トラ、ミャオミャオ。」

ミーコは続《つづ》けた。

トラは、風《かぜ》を従《したが》えて、一晩《ひとばん》で何千里《なんぜんり》も駆《か》け巡《めぐ》るのじゃ。てんじゅく国《こく》を駆《か》け抜《ぬ》けて月《つき》までもいけるのじゃ。

木《き》こりは、トラのしなやかな体《からだ》の動《うご》きと速《はや》さにあっけにとられ、ぼんやり大口《おおぐち》開《あ》けてながめていた。

木《き》こりさんよ、トラの強《つよ》さをそなたのものにするのじゃ。骨《ほね》の髄《ずい》まで薬《くすり》になるトラの姿《すがた》を、しっかり見《み》て吸《す》い込《こ》むのじゃ。そなたの脳《のう》みそに沁《し》み込《こ》ませるのじゃぞ。そうすると、ふふふふ・・・そなたが強《つよ》い体《からだ》のトラになるのじゃ・・

「四番《よんばん》、ウサギピョンピョン、ミャーオ。」

ウサギは、てんじゅく国《こく》で一番《いちばん》の心《こころ》やさしい動物《どうぶつ》じゃ。あわれな旅《たび》の老人《ろうじん》に食《た》べ物《もの》をあげることができなかった。すると、ウサギはわが身《み》をさし出《だ》したのじゃ。わが身《み》を火《ひ》に投《とう》じたあと、その魂《たましい》は月《つき》に昇《のぼ》って、不老不死《ふろうふし》の薬《くすり》を調合《ちょうごう》しておるというぞ。さあ、薬壺《くすりつぼ》から立《た》ち昇《のぼ》っている、あの煙《けむり》をかいでみよ。

おお、ありがたや、ありがたや。木《き》こりさん、そなたもウサギに負《ま》けない清《きよ》らかな心《こころ》となって、その身《み》を捧《ささ》げるのじゃ。・・・わらわに・・・

「五番《ごばん》、タツどん、ミャオ。」

タツは、雲《くも》の上《うえ》に体《からだ》を横《よこ》たえて、地上《ちじょう》を見下《みお》ろしておるぞ。地面《じめん》が干《ひ》からびれば、雨《あめ》を降《ふ》らせるし、その一息《ひといき》で、海水《かいすい》を沸《わ》き立《た》たせることもできるのじゃ。てんじゅく国《こく》のどこへでも、翼《つばさ》を広《ひろ》げてひとっ飛《と》びじゃ。

あれっ、タツどんの雲《くも》に誰《だれ》か乗《の》っているぞ。おお、あれは木《き》こりのあんにゃさか？　そなたは、もうタツの力《ちから》も、得《え》たのか？
よしよし。うまいぞ、ミーコ。でかしたぞ。

「六番《ろくばん》、クネクネヘビ、ミャオミャオ。」

優雅《ゆうが》な姿《すがた》で、水《みず》の中《なか》を泳《およ》いだり、地面《じめん》を素早《すばや》く這《は》って進《すす》んだり。みごとな体《からだ》の動《うご》き。えもいわれぬ、あやしい美《うつく》しさじゃ。そして、その目《め》でにらまれたら、もうだれもが動《うご》けなくなる。おそろしいほどのヘビの魔力《まりょく》。

おや、木《き》こりも、クネクネ、ニョロニョロ動《うご》き始《はじ》めたぞ。よーし、いいぞ、いいぞ。その調子《ちょうし》じゃ。そなたの体《からだ》にもヘビの美《うつく》しさと魔力《まりょく》が、宿《やど》ってくるのじゃ。

わらわの胸《むね》は、せつなく高鳴《たかな》り、それから腹《はら》も鳴《な》ってきた・・グー・・

「七番《ななばん》、ウマどん、ミャーオ。」

草原《そうげん》にひづめの音《おと》が響《ひび》いた。土煙《つちけむり》をあげて、ウマが走《はし》っている。力強《ちからづよ》く、地面《じめん》を蹴《け》って、どこまでも、まっすぐに。ウマのたくましさ、かっこいいのう。木《き》こりも、草原《そうげん》を走《はし》り抜《ぬ》けたくなったようだ。風《かぜ》を切《き》って。

ふふふ、木《き》こりのあんにゃさよ。そなたがウマだよ。そなたが走《はし》っているんじゃ。わらわの声《こえ》は木《き》こりには届《とど》かないが、木《き》こりは、ウマになって走《はし》っていた。いい筋肉《きんにく》だのー。とびっきり上等《じょうとう》な馬肉《ばにく》じゃー。

「八番《はちばん》、ヒツジ、ミャオミャオ。」

牧場《まきば》でヒツジたちが、メー、メーと鳴《な》いていた。

メー、メー、メー・・

木《き》こりは、ヒツジの鳴《な》き声《こえ》を五回《ごかい》聞《き》くと、ゴー、ゴー・・もういびきをかき出《だ》した。

おいおい、ミーコ、眠《ねむ》らせすぎだよ。いいところまできたのに、永遠《えいえん》の眠《ねむ》りにするにはまだ、早《はや》いぞ。師走《しわす》までにはまだ時間《じかん》がある。もっと、夢《ゆめ》見《み》を続《つづ》けるのじゃ。もっと、もっと、うまい肉《にく》にするのじゃ。

「はーい、ばばさま。ミャーオ。

では、続《つづ》いては、九番《きゅうばん》、サルどんの登場《とうじょう》。ミャー。」

キャッキャッキャッキャッのサルの鳴《な》き声《ごえ》で、木《き》こりは、また夢見《ゆめみ》にもどった。

サルたちは、にぎやかにおしゃべりしていた。サルたちは陽気《ようき》にしゃべり続《つづ》け、木《き》こりを仲間《なかま》に加《くわ》えてくれた。

木《き》こりさん。そなたも陽気《ようき》で元気《げんき》なサルじゃ。ふふふ・・・

よし、よし。いいながめだ・・・

わらわも、力《ちから》がわいてくるようじゃ・・・いい味《あじ》がでるじゃろう。

甘さと塩味《えんみ》と辛《から》みが、ほどよく、わらわの舌《した》にのって・・ズルズル・・・

「十番《じゅうばん》、ニワトリどん、ミャーオ。」

ニワトリが、コケコッコーと、時《とき》を告《つ》げた。

赤《あか》いトサカが震《ふる》えていた。

なんていい鳴《な》き声《ごえ》だ。なんて優美《ゆうび》な姿《すがた》じゃあ。

木《き》こりもいっしょに、のどを震《ふる》わせ、頭《あたま》を震《ふる》わせた。その調子《ちょうし》。鳴《な》いて鳴《な》いて、そなたはニワトリになるのじゃ。そなたは時《とき》を告《つ》げる美《うつく》しいニワトリ。

そして、そなたのムネもモモも、さらに美《うつく》しく・・・

ムネ肉《にく》、モモ肉《にく》は、やがて熟成《じゅくせい》していくのじゃ・・・

「十一番《じゅういちばん》、イヌどん、ミャーオ、ミャオ。」

ワオー、ワオーと遠吠《とおぼ》えが聞《き》こえる。

頼《たの》もしいぞ、イヌどん。

よし、イヌどんに続《つづ》け。

木《き》こりは自分《じぶん》もイヌになって、ワオーと吠《ほ》えた。

よし、よし。そなたは忠実《ちゅうじつ》なイヌ。わらわの期待《きたい》を裏切《うらぎ》らぬいい味《あじ》になってきたかの。わらわの期待《きたい》を越《こ》えた、とびっきりの味《あじ》になってもいいがの・・・ふふふ。

もうじき十二支《じゅうにし》がそろうぞ。木《き》こりの脳《のう》みそで、大晦日《おおみそか》までみそ漬《づ》けにするのじゃ。十二支《じゅうにし》の動物《どうぶつ》がそれぞれの味《あじ》を出《だ》して、十二支《じゅうにし》が混《ま》ざり合《あ》って、てんじゅくの、こくとうまみになるのじゃ。

正月《しょうがつ》が楽《たの》しみじゃなあ。うふふふふ。

ミーコは一段《いちだん》と声《こえ》を張《は》りあげた。
「十二番《じゅうにばん》は、イノシシどん、ミャオー。」
最後《さいご》にあらわれたのが、イノシシどん。
かわいい顔《かお》で毛皮《けがわ》もきれいじゃ。

木《き》こりは、思《おも》わず、手《て》を伸《の》ばしてイノシシに触《ふ》れた。イノシシは、おとなしくうつむいていた。木《き》こりはしあわせな気持《きも》ちになって、また撫《な》でた。するとき急《きゅう》に、イノシシは地面《じめん》に穴《あな》を掘《ほ》りはじめた。あっという間《ま》に穴《あな》が深《ふか》くなり、イノシシは穴《あな》にもぐって見《み》えなくなった。

なんということじゃ、ミーコ。イノシシが見《み》えなくなったぞ。イノシシを撫《な》でてはならぬのじゃ。

わらわは、ミーコに伝《つた》えてなかった。イノシシには、触《さわ》ってはならぬのじゃ。イノシシは内弁慶《うちべんけい》の恥《は》ずかしがり屋《や》じゃ。いきなり触《ふ》れられると逃《に》げるのじゃっ。地面《じめん》に穴《あな》を残《のこ》したまま、イノシシの姿《すがた》は消《き》えていた。

「どうしたんじゃ？ どうしたんじゃ？」

と、木《き》こりは、きょとんとしていた。

「ミーコ、早《はや》く穴《あな》をふさぐのじゃ。」

わらわは檄《げき》を飛《と》ばした。

「ミャー、ミャー。ばばさま。ただいま、すぐに。」

ミーコは慌《あわ》てて、穴《あな》をふさごうとした。

遅《おそ》かった。

ミーコの返事《へんじ》よりも早《はや》く、木《き》こりはイノシシを追《お》って穴《あな》にもぐっていた。

穴《あな》をくぐると、そこはもう、夢見《ゆめみ》の間《ま》ではなかった。

夢《ゆめ》を破《やぶ》って、木《き》こりは、すっかり目覚《めざ》めていた。
気《き》づくと岩屋《いわや》の奥《おく》にまで、日《ひ》がさしていた。
「いい天気《てんき》になったから、おら、家《いえ》に帰《かえ》れそうだ。」
そのまま、木《き》こりは、イノシシのごとく、猪突猛進《ちょとつもうしん》。岩屋《いわや》を後《あと》にした。
わらわは、茫然《ぼうぜん》として、遠《とお》ざかっていく木《き》こりの後《うし》ろ姿《すがた》をながめた。
よだれだけが長《なが》く、わらわの口《くち》とミーコの口《くち》から、地面《じめん》に垂《た》れていた。
ミャーオー。
ミーコの鳴《な》き声《こえ》が、悲《かな》しげに、岩屋《いわや》の中《なか》にこだましました。

遠《とお》くの山《やま》では、新雪《しんせつ》がキラキラと日《ひ》に輝《かがや》いていた。

おしまい

令和五年《れいわごねん》 葉月《はづき》

続《つづ》く残暑《ざんしょ》の中《なか》で

天人ばば見てよの夢語り

箱庭劇場

出演

ミーコ　ネコ2 リサラーソン

木こり　Muggsie made in Korea

トラ ウサギ タツ ヘビ ヒツジ トリ　薬師窯 招福干支

背景　きめこみパッチワーク 干支シリーズ

あとがき

２０１９年９月「瞼の母」の朗読を、初めてYouTubeにアップロードしようとしたとき、私はサワジロウさんの紙芝居の絵を使うつもりだったのだ。しかし、それは著作権うんぬんといわれたために、自分の顔を出すことになった。そのうち、私の顔だけでは味気ないだろうと思って、花も背景に映したりしていた。胡蝶蘭の花はやがて落ちてしまうのである。するとお話にちなんだ小物を映そうと考えた。いつしか部屋に住み着いていた人形たちの出番である。ただ、私はそんなに多くの人形を養っているわけではないので、足りない人形や小物を親戚や知人に頼ることにした。たまたま、「ウサギとフッケロのとびっくら」のところで、きららさんからカエルをお借りしたのだったが、きららさんは、そのとき、自作の切り絵も貸してくれたのだった。それ以降、きららさんは、お話に合わせて切り絵を切って提供してくれるようになり、さらにその切り絵を使って影絵を映し出すことができるのだと教えてくれた。

切り絵から、影絵を映し出すと、日常の世界のこの世から、物語の世界のあの世へとワープするような不思議さがふくらんでいくように思われた。影絵の世界は、私には珍しくて貴重なものだった。きららさんが切り絵を提供してくださることが、お話を読み進めることに弾みをつけた。

さらに、きららさんには感謝していることがある。「朝日と夕日」のところで、きららさんが渡してくれた切り絵は、伝統的な姉と弟の雰囲気ではなくて、姉と妹のようだったのである。近年は、男女の違いについて、従来の固定化した意識を廃する方向にあるが、むかし話を読んでいたので、私は困った。切り絵は非常に時間をかけて製作されたものなので、それを無駄にしたくもなかった。私はどう言ったらいいか迷った挙句に、きららさんの切り絵の雰囲気にあったお話を作ることになった。そして、それをきっかけに、私は新潟のむかし話を種本として、お話の創作を続けることになった。私にとっては、画期的な変化がもたらされた。

この頃は、YouTubeでは人形たちを役者として動かし始めた。自分で演出、舞台監督、共演もやっている気分は悪くない。ワンオペでスケールが小さく、箱庭劇場と名付けている。相手に効果的に伝えたいなどと一応、人に言ったりしているが、幼い頃のお人形さん遊びと変わらないささやかさである。

朗読動画も時とともに変遷しているが、時が回って本質は子どもに返るのだろう。

悠久城風《ゆうきゅうじょうかぜ》の間《ま》　楯《たて》　よう子《こ》

楯よう子の 越後おとぎ話 語り台本 まとめ❷(19〜27話)

2024年3月24日　初版　発行

著　者　　楯　よう子

表紙デザイン　テクノポリスデザイン
絵　　　　　　きらら／テクノポリスデザイン須崎
　　　　　　　ロックハート・真季子
切り絵製作　　きらら

発　行　㈱考古堂書店
　　　　新潟市中央区古町通4番町563番地
　　　　電話　025-229-4058　　FAX　025-224-8654

ISBN978-4-87499-015-5 C0093

楯よう子
教員の頃よりカウンセリングに関心を持ち、現在、精神科医。
朗読家・加藤博久氏に師事し、地域で紙芝居活動開始。「令和からの紙芝居と語り　悠久城風の間」HP 開設。「新潟のむかし話」の朗読を順次公開。同書を種本とした おとぎ話の創作に挑んでいる。

既刊 著書

悠久城風の間　語り部のささやき　そろそろ紙芝居

2022 年 9 月 5 日 発行　一般社団法人日本電子書籍技術普及協会

新作紙芝居のプロモーションなど、準備のために立ち上げたホームページとブログ。

紙芝居の制作にいたらぬまま、手探りの日々の中で、書き連ねられたエッセー。

楯よう子の 越後おとぎ話　語り台本 まとめ❶（1～18 話）

2023 年 7 月 22 日 発行　一般社団法人日本電子書籍技術普及協会

２年ほど続けていたブログは、ふとしたきっかけで、それまでのエッセーから創作にステージアップ。

新版 新潟のむかし話２（２００６年版）18 話から生み出されたおとぎ話 18 話。語りの場の台本として提供。

【越後おとぎ話を地球のみんなにシリーズ
対訳版 Echigo Otogibanashi　翻訳 早川正子】

A Storytelling Script No.1　冥土めぐり法印の語り

Hoin, the Greatest Buddhist Priest, Visits the World of the Dead

2022 年 3 月 5 日 発行　一般社団法人日本電子書籍技術普及協会

A Storytelling Script No.2　竜宮生まれ乙姫ばばさの語り

The Story of the Old Princess Otohime Born in the Palace of the Dragon King under the Sea

2022 年 7 月 5 日 発行　一般社団法人日本電子書籍技術普及協会

A Storytelling Script No. 3　トラにゃーごの語り

Tora Nyago Tells Her Story

2022 年 11 月 2 日 発行　一般社団法人日本電子書籍技術普及協会

A Storytelling Script No. 4　みなしご山猿きっきの語り

The Story of Kikki, An Orphaned Mountain Monkey

2023 年 7 月 22 日 発行　一般社団法人日本電子書籍技術普及協会

A Storytelling Script No. 5　夕日ぎんぎゃあの語り

The Story of Gingya, the Evening Sun

2023 年 11 月 2 日 発行　文彩堂出版